W0414628

Joachim Zelter

Das Gesicht

Roman eines Schriftstellers

Klöpfer & Meyer

Meiner Großmutter
zu ihrem 100. Geburtstag gewidmet

»Geschriebenes ist dem Gesprochenen vorzuziehen,
und Gedrucktes ist noch besser.«

Karl Popper, *Ausgangspunkte*

I.

Es gäbe einige Möglichkeiten, den Arm eines Postboten zu brechen. Man könnte ihm kräftig lächelnd die Hand schütteln und den Arm übers Knie brechen. Man könnte seinen Arm auch hinter seinem Rücken brechen, mit einem kräftigen Judo- oder Polizeigriff; oder ihn an der Wohnungstür etwas unterschreiben lassen und dann die Tür zuschlagen. Dies würde Aufsehen erregen. Ich möchte Aufsehen erregen. Der Postbote würde aufheulen und davonrennen. Mein Angriff wäre sogleich im ganzen Treppenhaus zu hören. Was für ein Geschrei. Ich selbst würde Polizei und Krankenwagen rufen. Sollen sie mich ruhig abholen und mitnehmen. Nur zu! Liebend gerne werde ich mich abführen und befragen lassen: Name? Alter? Beruf? Und dann die Frage nach dem Grund: »Warum?« Endlich eine interessante Frage, und ich werde mit meinen Antworten behutsam haushalten. Nach einer Zigarette werde ich verlangen, tief Luft holen und ausgiebig schweigen.

»Warum haben Sie das getan?«

Meine achselzuckende Antwort: »Je ne sais pas.«

»Was sagt er?«

Nichts werde ich mehr sagen, ohne eine zweite Zigarette.

»Sind Sie Franzose?«

Ich schweige, solange ihr Interesse noch ungebrochen ist. Durch gelegentliche Andeutungen einer Mundbewegung werde ich meinen Verhörern falsche Hoffnungen machen. Sie schieben mir eine Schachtel Zigaretten zu, nach der ich nicht greife, weil sie leer ist ... Statt dessen schaue ich auf meine Uhren und zähle die Sekunden meines Schweigens. Ich werde mit zwei Uhren kommen, eine am linken, die andere am rechten Arm. Werde berücksichtigen, wie sehr sich mein Zeitempfinden mit den Jahren verlangsamt hat – auch daran hat der Briefträger seinen Anteil. Aus meiner Sicht werde ich Stunden auf meine Antwort warten, gehe bis an die Grenzen, an meine Grenzen. Ich werde meinen Verhörern keinesfalls ins Wort fallen, nachdem ich sie lange genug auf eine Antwort habe warten lassen. Räuspernd werde ich den Auftakt einer Erklärung vortäuschen ...

»Was sagt er?«

Nichts sagte ich, noch nicht ...

Ich will erst ein Foto von mir. Sie sollen einen Fotografen rufen. Ich will mein Bild in der Zeitung sehen, mit meinem Namen und einer Schlagzeile: *Der Postbotenknochenbrecher*. Ich will ...

»Was will er?«

Ich will die Presse. Ich werde druckreife Antworten geben. Ich will meine Antworten gedruckt sehen, gedruckt. Sie können gerne schreiben: *Er lügt wie gedruckt*. Wenn sie es nur drucken.

Ob ich geisteskrank bin?

Soll die Presse entscheiden, wenn sie es druckt.

Ob ich an das Leid des Postboten denke?

Ich denke jeden Tag an ihn.

Was er mir getan hat?

Ich gebe keine Antwort, doch auch fehlende Antworten lassen sich vorzüglich drucken.

Was er mir denn getan hat?

Ich sitze nun ein wenig verstockt in der Pressekonferenz und überlege mir einige Antworten: Was er mir getan hat? Er ist ein miserabler Postbote, ein unnützer Briefkastenklapperer, ein Nichtsbringer ...

»Was hat er gesagt?«

Nichts. Ich sagte nichts.

Ob ich mir, sagt nun ein Polizist im Hintergrund, ob ich mir überhaupt über die Konsequenzen meiner Tat im klaren sei!?

Ich antworte ihm, daß ich keine Angst mehr habe, auch keine Angst vor dem Gefängnis. Was macht das für einen Unterschied, keinen, eher noch einen Unterschied zum Besseren, solange meine Inhaftierung gedruckt wird. Im Gefängnis würden meine Chancen steigen. Von dort aus könnten meine Schreiben einige Beachtung erlangen, Briefsendungen mit furchterregenden Stempeln der Justiz versehen, vielleicht die Silhouette eines Wachturms oder zackige Stacheldrahtstriche ... Ein solcher Absender würde herausstechen. Sie würden erstaunt aufschauen, ihren Fließbandblick augenblicklich abschütteln und sich sagen: *Post aus dem Gefängnis. Wie interessant.*

Nächste Frage: Ob ich nicht einsehe, wie schuldlos der Postmann in meine abstrusen Hoffnungen verstrickt ist. Ich selbst frage mich dies, je deutlicher ich ihn nun vor mir sehe, nicht nur mit gebrochenem Arm, sondern den Rest seines Lebens mit gebrochenem Vertrauen, aufgrund meiner Tat: ein mit einem Schlag zerschlagener Mensch, wahllos gebrochen, aus dem Nichts zerstört … Sein entsetzt aufschreiendes Gesicht weicht nicht mehr von mir … Vielleicht sollte ich besser die Reifen seines Postautos zerstechen …

In früheren Zeiten wurden die Überbringer schlechter Nachrichten geköpft. Ich hätte ihm nur den Arm gebrochen. Er ist gar nicht der Überbringer schlechter Nachrichten, nicht einmal das. Er überbringt mittlerweile überhaupt keine Nachrichten mehr. Er ist ein Nichtsbringer, ein ungeniert herumposaunender Nichtsbringer; kündigt sich jeden Morgen mit großen Geräuschen an, um nichts zu bringen; klappert lärmend mit meinem Briefkastenschlitz, hinterläßt einen leeren Briefkasten und fährt davon. Er hinterläßt nichts als Abgase und Luft. Vielleicht würde er augenzwinkernd behaupten: Luftpost. Ich brachte hauchdünne Luftpost, die beim Öffnen des Briefkastens wie Blattgold zerfällt. Manchmal beginne ich seinen Humor zu mögen …

Bemühe mich morgens nicht vor sieben Uhr aufzustehen, schaue auf meine Uhren und sehe, daß es nicht einmal 5 Uhr ist, an bestimmten Tagen noch mitten in der Nacht, was nicht gut ist, weil es nichts Gutes verheißt. Je früher ich wach liege, um so länger läßt er auf sich warten, um so stockender die Anfahrt des Postautos, um so dreister die Pausen, die er einlegt, um so schnippischer das Klappern der Briefkastenschlitze, um so offensichtlicher am Ende der leere Briefkasten. Ich habe es nachgerechnet: *5 Uhr wach = 5 Stunden warten; Briefkastenklappern nicht vor 10 Uhr = leerer Briefkasten.* Andererseits: *6 Uhr wach = 3 Stunden warten; 6 ÷ 2 = 3 Stunden; 3 + 3 = 6 Uhr wach = leerer Briefkasten.* Schlafe ich nachts überhaupt nicht, dann folgendes: Er kommt, schneller als sonst, ohne Umschweife, ohne die üblichen Zwischenstopps. Nach all den Jahren kommt er schließlich zur Sache. Er kommt schneller, immer schneller immer näher ..., fährt vorbei, fährt einfach vorbei, achselzuckend, nein, verächtlich aufbrausend, in einem echauffierten Ton, als würde er nicht nur mir, sondern der ganzen Nachbarschaft zuhupen: Was bildet der Nichtstuer sich ein. Post!? Welche Post!? Wenn die anderen keine Post bekommen, dann erst recht nicht er.

Ich betreibe das Warten unterdessen als Wissenschaft. Wissenschaft ist, so steht es in einem Buch, eine generalisierende Proposition, die behauptet, daß zwei oder mehr Dinge, Aktivitäten oder Ereignisse sich miteinander oder gegeneinander verändern. Wenn X, dann Y; wenn Y nicht, dann auch nicht X, dafür Z. Jeden Morgen, außer sonntags, nun dasselbe Ereignis: das umständliche Nahen des krächzenden Dieselmotors des Postautos. Ich erkenne seinen Klang schon von weither, wie den Tonfall einer vertrauten menschlichen Stimme. Ich wittere ihn mit der Schlagartigkeit eines aufzuckenden Hundes, der plötzlich aufspringt ... Ich beobachte seit einiger Zeit die schwanzwedelnde Art, mit der ich die Wohnung ablaufe. Je schneller ich laufe, um so langsamer fährt das Postauto – eine mit Stoppuhren gemessene Tatsache! Ich höre die verschiedenen Bedeutungen seiner Anfahrt aus langjähriger Gewohnheit. Wenn er im zweiten Gang hochfährt, dann fährt er ohne Umschweife vorbei, ohne Post. Im ersten Gang, und dies ist sein Gang, sein Lieblingsgang, sein Wesensgang, im ersten Gang dagegen fährt er nur meterweise, von Haus zu Haus, großspurig aufbrausend, um im nächsten Moment wieder zu stocken, vor und wieder zurück, kreuz und quer, jede Seitenstraße ausnützend, wenn nicht auskostend. Dann wieder die knirschende Umständlichkeit minutenlanger Einparkmanöver. Was für ein Autofahrer. Woher hat er den Führerschein? Aus einem Briefkasten? Man hört seine Fahruntauglichkeit kilometerweit. Wo er auftaucht, da wird gebremst, gehupt, geknirscht, vor allem aber gewartet. Die entlegensten Ein- und Ausfahrten scheinen ihm ein willkommener Vorwand. Geradliniges ist ihm fremd. Er fährt nicht direkt irgendwohin, sondern umkreist seine angeblichen Ziele, umkreist auch mich und meine Nerven, wie eine ziellos herumfliegende Hummel ... Ich sehe ihn deutlich vor mir, breitmäulig mit Leuten schwatzend, seinen Kopf auf Fenstersimse gestützt, schnapstrinkend, vielleicht eine Linzertorte durch das Fenster essend, und noch eine Torte, die er bereits in der Küche laut erzählend verzehrt, um schließlich ins Wohnzimmer geführt zu werden, wo man ihn auf die Couch bettet … Dann macht er sich frisch und fährt schlangenlinienförmig weiter, von Einkehr zu Einkehr, hier ein kleines Frühstück, dort ein Nachtisch. Der Mann ist ein überfressener Falstaff. Warum die Leute dies mitmachen? Weil er ihnen etwas bieten kann: Post. *Prost ich bringe Post.* Und er trinkt und ißt sich weiter des Weges, vage in meine Richtung, kommt früher oder später, meist später, ja, mit den Jahren immer später, an meinen Briefkasten, mit vollem Bauch und geleertem Briefsack, klappert an dem Briefkasten und macht sich davon.

Ich betrachte diese Dinge wie eine Wissenschaft, auch deshalb, um mir die Zeit zu vertreiben: Wenn dies, dann das … Je mehr, je weniger … Je weniger, je mehr … Je mehr ich etwas tue, um so mehr tut der Postmann etwas anderes. Je länger ich warte, um so mehr läßt er mich warten … Und umgekehrt. Mehr fällt mir nicht mehr ein.

Kein Mensch im ganzen Haus schreibt so viel wie ich, und keiner bekommt weniger Antworten als ich. Je mehr ich schreibe, um so weniger wird geantwortet. Ich schreibe nicht an irgend jemanden. Ich schreibe von A bis Z, an die dicht gedruckten Adressen eines Verzeichnisses, das mehr als tausend Seiten umfaßt, von A. A. A. bis Zytglogge. Briefe schreiben ist mein Beruf. Der Gang zum Briefkasten ist mein Beruf. Warten ist mein Beruf. Je mehr ich schreibe, um so weniger wird geantwortet: Für 100 Schreiben, die ich verschicke, bekomme ich 5,3 Antworten, für 200 nur noch 1,7, und so weiter, immer weniger, je mehr ich schreibe.

Andererseits: Wenn ich nicht schreibe, dann kommt überhaupt keine Antwort, auch kein Wort des Dankes, daß ich nicht mehr schreibe. Erste Ableitung: Je mehr oder weniger ich schreibe, um so weniger wird geantwortet. Es ist also einerlei. Zweite Beobachtung: Je kürzer ich schlafe, um so länger warte ich, und umgekehrt: Als ich vor Monaten, ohne dies zu wollen, verschlief, war das Postauto bereits weggefahren, und ein Brief lag im Briefkasten, ein Brief! Seither kam nichts mehr. Seither verschlief ich nicht mehr.

Weitere Beobachtung: Schon wenn ich den Schlüssel in den Briefkasten stecke, höre und spüre ich seine Leere am hohlen Klang des Inneren, wie das Scheppern einer leeren Bierdose. Ich könnte auf der Stelle wieder umkehren, den Tag für beendet erklären. Ich drehe den Schlüssel dennoch. Ich sehe den leeren Briefkasten dennoch. Erst dann gehe ich ins Bett.

Weitere Wenn-Dann-Sätze: Wenn Bayern München gewinnt, dann keine Post – ausgleichende Gerechtigkeit. Bayern München gewinnt seit Monaten. Wenn ich den Gummibaum warten lasse, ihn nicht gieße, dann läßt der Briefträger erst recht auf sich warten, auch wenn die Blätter des Baums bereits braun sind – ausgleichende Gerechtigkeit. Wenn das Gestrüpp über meinem Schreibtisch überhaupt ein Gummibaum ist. Wenn mein Schreibtisch überhaupt noch ein Schreibtisch ist. Ob ich frühstücke oder nicht, macht keinen Unterschied; auch nicht, ob ich Sondermarken oder gewöhnliche Briefmarken verklebe. Nichts mehr macht irgendeinen Unterschied. Das abgestellte Telefon hat keinen Einfluß. Dafür die Rolläden. Ich ließ letzte Woche die Rolläden herab, als wäre ich verreist, im Urlaub, fernab von mir, ganz erwartungslos an einem anderen Ort, als wäre ich endlich gegangen, meine negative Ausstrahlung scheinbar außer Haus ... Und es hörte sich so an, als wäre das Klappern der Briefkästen weniger spöttisch, von einer gewissen Substanz und beruhigten Bestimmtheit, als wäre es durchaus möglich, daß ein Brief im Briefkasten liegt, daß die Serie endlich zu Ende geht: der 167. Tag ohne einen einzigen Brief.

An manchen Tagen sehe ich mich in der Pose eines recht gleichgültigen Menschen auf dem Sofa liegen, der sogar die Ruhe findet, in einer Zeitschrift zu blättern, vielleicht ascheschnippend, während ich am Fenster stehe und mich bemühe, das Postauto zu überhören. Sobald ich es höre, winke ich ab, als wäre ich durch nichts mehr zu bewegen. Ich ziehe mich aus und laufe nackt durch die Wohnung. Hätte ich eine Frau bei mir, dann würde ich sie just in diesem Augenblick ins Bett ziehen. Ich möchte den ungünstigsten Moment für irgendeine Störung herbeiführen – sonst wird der Fall nie eintreten. Sollte der Briefträger nun klingeln, etwa um ein Telegramm zu überbringen, dann könnte ich ihn warten lassen, ihn durch die Sprechanlage hinhalten. Wie schnell sich die Rollen vertauschen können. Er soll gefälligst warten. Ich bin noch ganz nackt. Meine Freundin auch. Was für ein Zufall. So würde ich ihn warten lassen. Ich würde ihm sagen: »Es ist noch nicht so weit. Ich kann meine Freundin jetzt nicht hängen lassen, mitten auf dem Weg, kurz vor dem Höhepunkt, hören Sie«, und er würde gespannt zuhören und gerne warten. Es gilt, den unmöglichsten Zeitpunkt zu inszenieren. Auch wenn ich nur alleine nackt stehe oder nackt sitze – immer öfter auf dem Klo. Sobald ich ihn an den Briefkästen höre, setze ich mich aufs Klo und beginne, wenn es geht, mich zu entleeren. Soll er ruhig in diesem Moment mit seiner Post hereinplatzen. Es wird geschehen, wenn ich mich entleere. Oder umgekehrt: Wenn ich mich entleere, dann kommt er mit seiner Post. Ausgerechnet dann! Nur dann! Nur zu! Ich bin darauf vorbereitet, sitze wippend auf der Kloschüssel ... Das Klopapier liegt (mit voller Absicht) weit weg in der hintersten Ecke eines Schranks. Wenn es nun klingelt, dann wäre die Ungelegenheit des Postboten kaum mehr zu überbieten, auch nicht die Peinlichkeit meiner Lage: Ich greife hastig nach dem Klopapier, das im Schrank liegt, ausgerechnet dort, ausgerechnet jetzt, überlege hastig, eile nackt durch die Wohnung, suche das Klopapier, finde es nicht, springe in meine Hose. Ich renne nicht sofort zum Briefkasten, sondern warte einige Sekunden. Ich warte zumindest so lange, bis das Postauto laut und deutlich um die Ecke fährt. Erst dann eile ich das Treppenhaus hinab, erst dann. Ich will ihm keinesfalls leibhaftig begegnen. Ich will ihn weder sehen, noch von ihm gesehen werden. Er könnte Verdacht schöpfen. Er würde sogleich merken, wie wichtig mir seine Post ist. Ich will ihm nicht im Nacken stehen, während er die Post in die

Briefkästen verteilt. Ich will seine Arbeit nicht beeinträchtigen oder ihn irgendwie gegen mich beeinflussen. Er soll nicht wissen, wer ich bin. Er soll nicht einmal wissen, daß ich bin. Ich warte also, bis er gegangen ist. Erst dann eile ich hinab. Mein Zeitgefühl ist derart, daß ich zu den Briefkästen komme und in diesem Moment noch den Schatten des davonfahrenden Postautos sehe. Ich komme keine Sekunde zu früh und keine Sekunde zu spät. Dann öffne ich den Briefkasten und gehe zu Bett.

Manchmal lagere ich alte Briefe im Briefkasten, die ich nachts einwerfe. Erstens, um am nächsten Morgen beim Einstecken des Schlüssels den vollen Klang eines vollen Briefkastens zu hören. Wenigstens akustisch möchte ich mir alle Möglichkeiten offenhalten. Zweitens, um etwas in der Hand zu haben, sollten mich die anderen Hausbewohner beobachten. Drittens in der Hoffnung, mit alten Briefen neue Briefe anzuziehen. Jeder Briefkasten hat seine Aura. Ein ausgehungerter Briefkasten ist wie ein ausgehungerter Mensch – man meidet ihn.

Im Treppenhaus, im wichtigsten Augenblick, wenn ich auf meinem Weg zum Briefkasten bin, kommen mir immer öfter die anderen Hausbewohner entgegen. Ohne einen wirklichen Grund. Noch nie erhielt ich einen Brief, wenn Leute im Treppenhaus waren. Ich weiß es, und sie wissen es ebenfalls, wenn sie mich mit leeren Händen zurückkommen sehen. Ich könnte auf der Stelle umkehren und mir den Rest ersparen, doch ich gehe weiter, und sie wissen genau, wohin ich gehe, was mit mir ist, was mich im Briefkasten erwartet: nichts! Einmal lief ich demonstrativ mit meinem erhobenen Briefkastenschlüssel an der Frau vorbei, die sich an den Briefkästen postiert hatte. Sie wollte mich wohl aus nächster Nähe beobachten. Ich lief erhobenen Schlüssels an ihr vorbei, so als wollte ich gar nicht zum Briefkasten, klimperte mit dem Schlüssel vor ihrer Nase, als handelte es sich um einen ganz anderen Schlüssel, vielleicht um einen Autoschlüssel. Ja, ein Autoschlüssel. Ich schritt mit ihm auf den Parkplatz. Sie beobachtete mich weiter. Also steckte ich den Schlüssel in das Schloß eines Autos. Sie ließ nicht locker und lief mir nach: »Kann ich Ihnen helfen?« Ich hantierte an dem Schloß. »Das ist doch kein Autoschlüssel«, sagte sie. Doch, doch, versicherte ich ihr. »Was machen Sie überhaupt an meinem Auto?« Nichts! Und ich eilte davon.

Eine andere Frau fing an zu schreien. Sie schrie, als sie mich das Treppenhaus hinuntereilen sah. Mir war, als hätte der Briefträger geklingelt, just in dem Augenblick, als ich auf dem Klo saß, wie ich es erwartet hatte. Mit einem Handtuch umwickelt rannte ich an ihr vorbei. In der Eile verlor ich das Handtuch. Sie wurde hysterisch. Auch mißverstand sie den Briefkastenschlüssel, auf den ich deutete. Ich eilte weiter. Durch ihr Geschrei angelockt, zeigten sich schnell andere Leute im Treppenhaus. Jede Rückzugsmöglichkeit war mir verstellt. Also versteckte ich mich hinter einem Busch am Briefkasten. Das ganze Haus war nun in Bewegung. Ich kroch immer tiefer in die Büsche, einen

Halbkreis robbend, der mich den ganzen Tag um das Mietshaus herumführte, an zahllosen Gesprächen vorbei, von einem kläffenden Pudel verfolgt.

Es ist mir gleich, was die Leute über mich denken. Sie sollen es nur leise und mit Takt tun. Ich nähere mich nun dem 200. Tag ohne einen einzigen Brief. Auch keine Wurfsendung oder Rechnung. Ich lasse Tag und Nacht das Licht brennen ... Ich bekomme nicht einmal eine Stromrechnung. Ich denke vor allem an die intellektuellen Implikationen dieser unglaublichen Serie. Alle möglichen Wenn-Dann-Möglichkeiten habe ich ausführlich durchdacht, zunächst als Zeitvertreib, mit den Monaten immer beschwörender ... Dies muß aufhören! Ich habe bereits begonnen, mein Leben umzustellen. Ich bleibe nun morgens demonstrativ im Bett liegen. Ich lasse den Postmann ruhig kommen, an den Briefkästen klappern und wieder gehen. Ich lasse mich durch nichts und zu nichts mehr bewegen. Ich erhebe mich erst abends, gehe langsam das Treppenhaus hinab. Erst dann gehe ich zum Briefkasten. Ich habe auf meinen Briefkasten ein Schild geklebt: *Bitte keine Post!* Später habe ich es noch deutlicher formuliert: *Ich wünsche keine Post mehr!* Wenigstens ist es nun öffentlich, daß der Postmann mich ernst nimmt und meine Wünsche akribisch erfüllt. Und ich werde noch einen Schritt weitergehen. Wozu überhaupt einen Briefkasten!? Er hängt völlig überflüssig und nutzlos herum. Er klappert mich kaputt. Er zerstört mich täglich aufs neue. Ich werde also einen Zettel aufhängen, er ist bereits geschrieben: *Briefkasten zu vermieten.* Ich erwarte gespannt die Reaktionen.

* * *

St. Christophsbad. Ich höre (trotz Ohropax) immer noch das Paar, das unter mir wohnte (drei Stockwerke über den Briefkästen) und das immer lauter über mich mutmaßte. Ich höre sie selbst hier, besonders nachts. Ich bin und bleibe ihr *Er*: *Endlich ist Er weg!* Warum sprechen sie dann weiter!? Was für ein Paar, Mann und Frau, um die dreißig … Selbst ihre Schuhe sind ein Paar. Zwei Paar Schuhe stehen jederzeit vor ihrer Wohnungstür, wie mit dem Lineal aufgestellt. Wir bleiben unter uns. Wir lassen niemanden herein, nicht einmal unsere eigenen Schuhe. Wie konnte ich nur daran denken, einen Brief zu bekommen, wenn ich diese abweisenden Schuhe sah. Was für ein Paar, nicht nur die Schuhe, sondern auch ihre Besitzer, Mann und Frau, wohl proportioniert, keiner häßlicher als der andere; die Brüste der Frau ausgewogen, bis zum letzten Gramm abgewogen. Er hat kräftige Arme, sie dafür athletische Beine. Für jedes Körperteil des einen bietet der Körper des anderen den gerechten Ausgleich. Keiner kann sich übervorteilt fühlen. Wie zwei Autos derselben Marke in einer Garage … Ihre Autos haben sogar dieselben Nummernschilder … Worüber sollten zwei Autos sprechen, wenn nicht über mich. Mit norddeutschen Stimmen sprachen sie von mir als ihrem ständigen *Er.* Wenn das Haus ein Geräusch machte, dann war es *Er.* Es ist wieder *Er.* Er wartet wieder auf seine Post. Sie wußten von Anfang an Bescheid. Sie sprachen es offen aus: *Wartet Er immer noch auf seine Post?* Wenn ich das Klo spülte, dann sprachen sie über den Lärm. Wenn ich das Klo nicht spülte, dann schimpften sie über den Gestank im ganzen Haus. Keiner geht so oft aufs Klo wie *Er.* Ich hörte mich immer öfter als Schimpfwort. Ohne jede Vorwarnung, aus dem blanken Nichts, explodierten sie gegen mich, schrieen mich durch den Boden an, traten nach mir aus, rammten den Besenstiel gegen die Decke. Es ist besonders die Frau, die außer sich ist, und der Mann, der sie beruhigen muß. Er will mir immer noch einen Brief schreiben, nur zu, doch ich erhielt bis heute nicht einmal diesen Brief… Vielleicht war meine Erregung unten zu hören, auch das Brechen einiger Holzlineale, die ich krachend zersplitterte: *Der Postbotenknochenbrecher.* Am Ende nahmen sie das wörtlich. Meldeten dies der Hausverwaltung oder gar der Post. Es stimmt, ich plünderte ihren überfressenen Briefkasten. Es stimmt, ich vertauschte die Namensschilder der Briefkästen. Es stimmt, ich stopfte Klopapier in ihre Schuhe. Ansonsten verhielt ich mich ruhig, lag meist im Bett. Ich tat kaum etwas anderes, als zu liegen und zu warten. Mein Zimmer war nicht mehr als ein stilles Wartezimmer, nicht lauter als das Wartezimmer eines Arztes. Sie wußten dies genau. Sie fragten sich ja selbst, mit gespielter Anteilnahme: *Worauf wartet Er? Auf eine Einladung? Auf eine Arbeit? Auf einen Auftrag?* Sie halten mich für einen Maler. Bereits mein Auftreten sei brotlose Kunst. Das Geschmier meiner Bilder im ganzen Haus zu riechen. Ich würde die Leute mit meinen Ölen und Lacken krank machen. Die Unordnung vor meiner Wohnung wie ein lärmender Müllhaufen von Beuys. Sie wollten mir das Malen verbieten, forderten bei Nachbarn im Treppenhaus ein Malverbot. *Er hat Malverbot!* Es stimmt, ich ging in den Keller und drehte ihnen das Wasser ab, so wie man mir die Post abgedreht hat. Das Haus ist hellhörig. Jedes Wort ist zu verstehen. Ich hörte die tiefen Stimmen ihres Fernsehers. Sie schauten mit Vorliebe Tier- und Naturfilme. Ich hörte das Gezeter grotesker Vögel und das Gebalze alberner Brunftzeiten. *Das Männchen. Und nun das Weibchen.* Ich imitierte dies. *Halts Maul!* Ich imitierte Schimpansen, Hyänen und schnaubende Nilpferde. Ich imitierte ihre eigenen Brunftzeiten und Brunftlaute, besonders die geschraubten Laute der Frau. Sie stellten den Fernseher lauter. Die Stimme des Sprechers nun im ganzen Haus. Die Rede war von einem Programm, kein Fernsehprogramm, sondern ein Euthanasieprogramm. *Paßt nicht ins Euthanasieprogramm. Paßt nicht ins Euthanasieprogramm. Paßt nicht ins* … Dies ging bis spät in die Nacht. *Jetzt knallts*, hörte ich den Mann rufen, als ich (in Imitation eines Tierfilms) durch die Wohnung robbte, um Wasser zu trinken. Das Wasser schwappte über die Badewanne. *Jetzt knallts!* Es klingelte. Ich öffnete nicht.

Es stimmt, ich wurde nachts hierher gebracht, direkt von meinem Briefkasten weg. Es stimmt, der Briefkasten war leer. Es stimmt, ich habe dem Postboten sämtliche Knochen gebrochen – alle Lineale und Besenstile und Stuhlbeine lagen zerbrochen in meiner Wohnung.

Im Park, in den ich gehen darf, stehen Bäume, deutlich wahrnehmbar. Mit einer behutsamen Bewegung, deren Notwendigkeit ich nun bemerke, beginnt all das, was in meinem bisherigen Leben sich unter dem Namen Pflanzen oder Bäume verflüchtigt hat, deutlich vor mir zu stehen. Ich sehe Äste und Blätter. Bislang erschien mir derlei nur als wirres Gestrüpp oder belangloses Geschmier an meinen Augenrändern. Nun beginnen diese Dinge zu wirken. Sie nehmen Haltung und Form an. Natürlich kenne ich die Namen der Bäume nicht. Wie sie auch heißen mögen, ob nun Birken, Feigenbäume oder Gummibäume, dies sind Spielereien. Jedenfalls sehe ich sie, sehe ihnen beispielsweise an, daß Frühling ist.

Ich habe zugenommen. Warum nicht? Tue ich ihnen doch den Gefallen und esse drei Mahlzeiten am Tag, wenn sie das erfreut. Wecken um sieben Uhr. Ich laufe bereits vor sieben durch die Gänge.

Theresa, die italienische Patientin, ist erst 17 Jahre alt. Sie fragte mich, wie alt ich bin, und als ich ihr mein Alter sagte, rief sie: »Wie Jesus Christus«, und sie umarmte mich. Später riß sie ihre Jacke auf. Sie führte meine Hand. Dann las sie mir einige ihrer Gedichte vor. Nur ich darf diese Gedichte hören, wenn wir uns dabei berühren. Sie versteckte sich verschämt in ihrem Schrank, wo sie sich umzog, und stand dann in ihrem Nachthemd vor mir und trug ihre religiösen Gedichte vor. Nur ich darf sie hören, weil nur ich sie verstehe, auch wenn ich kein Italienisch spreche. Sie hält auch mich für einen Dichter, einen stummen Dichter. Sie liest und ich höre stundenlang zu, trotz meiner Müdigkeit. Einmal wachte ich in ihren Armen auf. Sie liest und liest (ich an ihrem Bett, oder sie an meinem Bett), nicht nur Gedichte, sondern auch die Namen ihrer liebsten Schutzheiligen, darunter auch ein Schutzheiliger für die Dichter, dessen Bild auf ihrem Nachttisch liegt. Sie betupfte meine Stirn mit dem Bild dieses Heiligen, der heilige … – ich habe seinen Namen vergessen. Sie zündete eine geweihte Kerze an. Sie schenkte mir auch eine Briefmarke.

Wie viele Patienten hier mit allen möglichen Gegenständen rastlos schreiben: mit Bleistiften, Buntstiften, Lippenstiften. Der einzige, der nicht schreibt, bin ich.

Auf meinen Rundgängen um die Klinik konnte ich mir einen Überblick verschaffen: wo Briefkästen und Briefmarkenautomaten aufgestellt sind, wann die Briefkästen geleert werden, wo das Postamt ist, wann das Postauto kommt etc. Ich tue dies in aller Heimlichkeit. Alles was mit Post zusammenhängt, ist mir verboten, selbst die Büros im Erdgeschoß. Dorthin kommt täglich die Post. Sie ist für mich tabu. Ich darf nicht einmal leise danach fragen. Es gibt keine Post, nicht nur keine Post für mich, sondern keine Post überhaupt, kein Postauto, kein Postfach, kein Postamt, kein Postwesen. In dieser Hinsicht sind sie unbeherrschter als ich selbst. *Keine Post*, bedeuten sie mir energisch, ohne es auszusprechen, doch deutlich gestikulierend, wenn ich mich dem Fenster nähere, um nach dem Postauto zu schauen ... Ich mache mich schon verdächtig, wenn ich in die Nähe des Briefkastens komme. Ich würde auch auffallen, sollte ich mir nur ein gelbes Hemd anziehen oder Worte in den Mund nehmen, die an das Thema Post erinnern, Wörter wie Postmoderne, Postulant oder Poster ... Das einzige Wort, das sie mir erlauben würden, wäre vielleicht: postpsychotisch oder psychopostonisch. Natürlich darf ich keinen Nachsendeantrag stellen. Es gibt keinen Nachsendeantrag. Ich darf weder Briefe schreiben, noch auf Briefe warten. Ich darf auf überhaupt nichts warten. Warten verboten! Selbst auf das Essen soll ich nicht warten, sonst gibt es kein Essen. Wenn ich zu lange auf einem Stuhl sitze, dann kann dies bereits als Warterei gesehen werden – auch wenn ich zu unbestimmt auf- und ablaufe. Jedes Anzeichen von Warten oder Erwartung versuche ich zu unterdrücken. Es gibt keine Zukunft, auch kein Schreibwarengeschäft, sondern nur noch Hier und Jetzt. *Jetzt ist das Jetzt*, sagte mir ein Arzt.

Ich darf telefonieren. Mit wem könnte oder sollte ich telefonieren? Ich will es nicht mündlich, sondern schriftlich! Ich bin kein mündlicher, sondern ein schriftlicher Mensch. Am Telefon würde man mich nur abwimmeln: *Bitte gedulden Sie sich einen Augenblick.* Oder: *Gehen Sie aus der Leitung!* Ich könnte nicht einmal beweisen, von wo aus ich anrufe. *Das kann jeder behaupten.* Ein Telefonat kann man nicht als Einschreiben sprechen. Einschreiben. Ich darf solche Wörter nicht in den Mund nehmen. Schreibwörter sind hier Tabuwörter. Es scheint ihnen nicht nur möglich, sondern gewiß zu sein, daß ich niemals mehr einen Brief bekommen werde. Es gibt keine Post! Sie glaubten mir aufs Wort, als ich berichtete, wie lange ich keinen einzigen Brief bekam, nicht einmal eine Wurfsendung. Sie glaubten es nicht nur, sie wußten es schon die ganze Zeit. *Er bekam keine Post.* Sie sehen dies nicht als Unmöglichkeit oder Unrecht, sondern als unbedingte Tatsache. Als ob ich noch nie im Leben einen Brief bekommen hätte. Was für eine Unterstellung. Ich stecke in einer Pechsträhne, wohlwahr, aber man kann nicht von vornherein behaupten, ich würde auf etwas warten, das niemals kommen wird oder in der Vergangenheit niemals eingetroffen ist. Man darf einen leeren Briefkasten, selbst wenn er lange Zeit leer bleibt, nicht verallgemeinern. Die glücklichsten Menschen können tagelang keine Post bekommen. Es gibt unglückliche Umstände. Das Wort Pechsträhne akzeptieren sie nicht. Sie wollen auch nicht hören, mit welchen Instanzen ich überhaupt brieflich verkehre und wie eine solche Korrespondenz abläuft. Mit welcher Behutsamkeit und Geduld ich verfahren mußte. Jede Schönheitskönigin hätte bereitwilliger auf meine Briefe geantwortet … Sie wollen es nicht hören. Es stimmt, ich wurde nachts hierhergebracht, direkt von meinem Briefkasten weg. Es stimmt, der Briefkasten war leer. Doch dies muß nicht ewig so bleiben; vielleicht liegt schon eine Nachricht im Briefkasten. Jemand könnte für mich nachschauen. Ich selbst könnte es tun, würde man mir dies erlauben. Ich könnte einen Nachsendeantrag stellen. Ich habe eine private Krankenzusatzversicherung. Für jeden Kliniktag bekomme ich 50 Euro. Sie wollen mich drei Monate hierbehalten. Gerne! Das macht fast 5.000 Euro. Porto für 9090 Standardbriefe oder für 4545 Kompaktbriefe oder für 3333 Großbriefe oder für 2272 Maxibriefe oder für 3333 Einwurf-Einschreiben oder für 2500 Übergabe-Einschreiben ... Ich könnte in die Offensive gehen. Aus allen Rohren würden ihnen meine Briefe entgegenschießen, und noch einer, und noch einer (à 50 Gramm), und noch einer (à 500 Gramm) ... Sie kämen nicht mehr zur Ruhe. Sie hätten die ersten Briefe kaum geöffnet, da würden ihnen die nächsten 20, nein 50 in den Rücken fallen. In überquellenden Wäschekörben würde ich mich zurückmelden, sie mit mir überschütten, ja, überschwemmen. Mit einem Rundumschlag würde ich mich meterhoch auf ihren Schreibtischen auftürmen. Sie könnten eine Fahne mit meinem Namen auf diesen Berg stecken. Es ist nur eine Frage des Willens und des Portos und des richtigen Absenders. Ich schreibe nun unter einem neuen, besseren Absender. Ich habe die Stempel der Klinik gesehen. Wenn sie wüßten, welche Chance sie mir hier verbauen. Warum nicht einmal die Klinikleitung die Wirkung ihres Namens und Wappens auf ihrem eigenen Briefkopf ahnt, wenn ein solcher Brief mit den richtigen Worten nach außen geht? Ein solcher Brief kann einiges bewirken. Und was erst, wenn ich nicht einen, sondern 9090 Briefe verschicke. Meine Müdigkeit wäre mit einem Schlag verflogen. Ich könnte noch einmal von vorne anfangen, meinen Fall neu aufrollen. Man wird nun anders reagieren, und wenn es nur Mitleid oder Entsetzen oder gar Reue ist, aber sie werden reagieren. Es ist nur die immer stärker werdende Müdigkeit, die mich noch zurückhält. Ich verpasse meine Möglichkeiten im Bett. Meine Pläne und ich erliegen einem nichtsnutzigen Bett. Ich werde ihnen folgendes Angebot machen: Ich darf meine Briefe schreiben und abschicken. Unter der Matratze liegen Briefmarken. Dann lege ich mich wieder hin. Ich werde nicht warten, höchstens abwarten, von mir aus schlafend abwarten ... Meine Müdigkeit käme dann nicht ungelegen. Ich könnte Monate des Wartens tief schlafend überbrücken, nicht anders als jetzt, nur daß mein Schlaf dann nicht nutz- und wirkungslos wäre. Es gäbe dann einen Grund, wieder aufzuwachen. Und es gäbe, sollte keine Post gekommen sein, einen Grund, wieder einzuschlafen. Doch ich bin optimistisch. Ich habe es diesmal mit einem anderen Postboten zu tun. Er wirkt freundlich und gewissenhaft. Er hat eine Aura. Ich habe ihn beobachtet. Seine Aura wirkt ansteckend. Er könnte mich und meine Briefe mit seiner Aura auratisieren. Ich würde ihn nicht belästigen, nicht einmal ansprechen.

Ich würde in aller Zurückgezogenheit warten, friedlich schlafend warten, hinter zugezogenen Gardinen; nicht anders als jetzt; in meinem Mund der Geschmack einer Briefmarke, an der ich heimlich lecke. Nein, ich würde nicht einmal warten, sondern mich überraschen lassen …

II.

»Bitte kommen Sie am 24.09. um 09.30 Uhr in das Arbeitsamt.« So begann der Brief. Es war nicht der erste Brief. »Ich möchte mit Ihnen über Ihr Bewerberangebot und Ihre berufliche Situation sprechen.« Es gab kein Bewerberangebot für mich, so sehr ich mich auch beworben hatte. »Dies ist eine Einladung nach § 132 Arbeitsförderungsgesetz.« Keine beunruhigende Einladung, sondern nur die turnusgemäße Einladung zu einem Gespräch, das alle drei Monate stattfand: am 24.03., am 24.06., am 24.09. und am 23.12. Dies war die fünfte Einladung. Ich legte den Brief der Pforte vor. Sie waren immer höflich zu mir, schon an der Pforte, auch wenn ihre Höflichkeit übermüdet wirkte. Mit lahmen Bewegungen dirigierten sie den Publikumsverkehr von Warteschleife zu Warteschleife, eng bestuhlte Linien und Kreise des Wartens. Die Wartenden husteten. Sie husteten ohne Husten zu haben, doch sie husteten. Auch ich hustete. Wir husteten reihum, nicht um auf uns aufmerksam zu machen, im Gegenteil: Wir husteten, um uns unauffällig zu halten, jeder für sich, fast alle nach vorne gebeugt: *Ich will es gar nicht leugnen, daß ich hier sitze. Also huste ich.* Und damit war ohne große Worte vermerkt, was ja bereits zu sehen war: daß wir hier saßen und warum wir hier saßen. Wer könnte dies abstreiten, nicht einmal die unsichtbare Figur hinter einer weit aufgeschlagenen Zeitung. *Er ist hier. Ich auch. Und ich. Er ebenfalls. Sogar der da drüben.* Und so husteten wir mit aufgestützten Köpfen unsere Anwesenheit offen aus. Selbst die verborgene Figur hinter der Zeitung mußte bald hustend eingestehen, daß hinter der Zeitung ein Mensch saß. Mancher hustete gar nach weiteren Erklärungen: *Ich habe wirklich Husten. Ich bin krankgeschrieben. Ich bin gar nicht hier, sondern sitze im Wartezimmer eines Arztes.* Und tatsächlich, die Tür neben ihm öffnete sich, und er wurde mit den Worten hereingerufen: »Der Nächste bitte!«

Man bemühte sich um größte Höflichkeit: Wir waren *Kunden*, keine Patienten, sondern Kunden, so unsere Bezeichnung; vielleicht (mit ein wenig Phantasie) Kunden eines florierenden Unternehmens. Die Mitarbeiter des Amtes nannten sich *Ansprechpartner*, auch wenn sie nur alle drei Monate zu sprechen waren, doch sie waren nicht unfreundlich. Unsere massenhafte Anwesenheit nannte sich *Publikumsverkehr*. Als wären wir im Theater, ein eng bestuhltes, gut besuchtes, überfülltes Theater, jede Vorstellung ausverkauft. Türe auf, der Nächste bitte! Der Nächste war ich selbst. Ich trat ins Büro meiner Ansprechpartnerin, die sich auch *Arbeitsvermittlerin* nannte – ganz nach Belieben. An der Tür hing das Schild: *Vermittlung hochqualifizierter Fach- und Führungskräfte*, ein weiteres Zeichen von Liebenswürdigkeit, ein Kompliment, das meinem Gang für einige Schritte Geradlinigkeit und Kraft verlieh, Fach- und Führungskraft, als ich kräftig grüßend eintrat und mich setzte. Für einen Moment fühlte ich mich in der Tat fach- und führungskräftig. Sie blätterte noch in meinen Unterlagen, nie länger als eine halbe Minute, reine Formalität, um sich raschelnd auf mich einzustimmen, auf mich und die Hoffnungslosigkeit meines Falles. Bei unserem ersten Gespräch sagte sie noch: »Hoffnung gibt es immer.« In den darauffolgenden Gesprächen sagte sie fast nichts mehr.

»Haben Sie etwas gefunden?«, ihre erste Frage.

Ich verneinte jedesmal lautlos.

»Haben Sie etwas in Aussicht?«

Nein, ich hatte nichts in Aussicht, auch nicht die Aussicht einer Aussicht.

Aus Höflichkeit stellte ich ihr genau dieselben Fragen: »Haben Sie etwas gefunden?«

Sie verneinte lautlos.

»Haben Sie etwas für mich in Aussicht?«

Nein, sie hatte nichts in Aussicht, nicht einmal die Aussicht einer Aussicht.

Damit war das Gespräch normalerweise beendet. Es folgten nur noch Formalitäten: mein Personalausweis, den sie nicht mehr sehen wollte, meine vielen Bewerbungen, die sie ebenfalls nie sehen wollte. Sie glaubte mir und reichte die Bescheinigung für die Zahlstelle. Ich sollte mein Geld weiterhin bekommen. Sie bewilligte es, ohne eine kritische Frage oder abfällige Geste. Im Gegenteil. Ihre Augen waren mit mir. Normalerweise ging es so zu Ende: mit der Bescheinigung, die sie mir reichte, und mit ihrer Hand …

Ich war schon im Begriff aufzustehen, da fragte sie

mich plötzlich, ob ich je an Umschulung gedacht hätte.

»Umschulung?«

Sie spürte sofort, wie sehr mich der Gedanke schreckte. Sie schaute auf meine Unterlagen und stimmte mir bei, noch bevor ich selbst davon sprach. Sie stimmte mir bei: daß ich schon zahllose Schulen und Schulungen durchlaufen hatte. Jede weitere Schulung käme wahrscheinlich zu spät. Es sei ein Hase-Igel-Rennen, die Schulung der Hase, der Igel das Zielgericht, das, sobald die Schulung ans Ziel kommt, bekannt gibt: *Die Schulung kommt leider zu spät.* Ich war schon reichhaltig beschult, wenn nicht überschult. Eben dies war mein Problem: zur falschen Zeit in falschen Dingen überschult. Man bekommt eine solche Überschulung nicht mehr los ..., wie eine chronische Krankheit oder Hautfarbe. Überschulung war unser gemeinsames Wort. Es wäre am Ende gar besser, meine abnorme Überschulung zu verschweigen, als diese durch immer weitere Umschulungen ins Groteske zu treiben. Sie stimmte mir zu, teils in meinen Worten, teils mit ihren Worten, die ganze Zeit mit ihren Augen ...

Plötzlich fragte sie mich, denn so gehe es nicht weiter, ob ich je an eine Existenzgründung gedacht hätte ...

»Eine Existenzgründung?« – als ob ich noch gar nicht existieren würde, doch sie hatte recht. Ich selbst hatte den Eindruck, kaum wirklich zu existieren ...

Beziehungsweise, fügte sie behutsam hinzu, ob ich je die Selbständigkeit ins Auge gefaßt hätte?

»Selbständigkeit?«

Ich hätte so viele Fähigkeiten: meine Sprachen, mein Auftreten, meine Stimme … Sie sprach nun nicht mehr länger von meinen Unterlagen, die sie zur Seite schob, sondern von mir selbst und einer Idee. Eine Existenzgründungsidee. Ich bräuchte bei meinen Fähigkeiten nur eine Idee, eine einzige Idee …

Ich hatte keine solche Idee.

Sie sprach von Menschen, die ihr Leben mit einer einzigen Idee bestritten haben, ihr Leben lang … »Nur eine einzige Idee!«

Ich hatte keine Idee.

Sie hatte auch keine Idee, doch eine solche Idee könne plötzlich über einen kommen. Man müsse sie dann festhalten … Sie würde mir dabei helfen. Es gebe Überbrückungsgelder, und sie zitierte aus einer Broschüre. *Existenzgründungsideen.* Ich schielte, während sie daraus vorlas, auf das Inhaltsverzeichnis dieser Broschüre, um vielleicht die eine oder andere Idee zu erhaschen. Sie gab jedoch die Broschüre nicht aus der Hand. Natürlich, fügte sie hinzu, bedürfe es der Stellungnahme einer fachkundigen Stelle über die Tragfähigkeit dieser Existenzgründungsidee.

Ich schaute sie besorgt an.

Mit einer Geste, als wolle sie ihre Hand auf meine Hand legen, sagte sie: »Die fachkundige Stelle bin ich«, so als wäre alles in ihrer Hand, als würde sie mir einiges zugestehen und vieles zu meinen Gunsten auslegen, selbst verrückte Ideen, und sie sprach nun von Existenzgründungskrediten, die ich gar nicht zurückbezahlen müsse, sollte das Geschäft nicht gut gehen. Es gebe immer weitere Kredite …

Ich erwähnte das Wort Überschuldung.

Sie antwortete augenzwinkernd: Überschuldung sei immer noch besser als Überschulung.

Nie zuvor hatte ich sie so erlebt, alle Vorsicht und Ordnung lächelnd fallen lassend, als hätte sie mich ausgewählt. Vielleicht war es der Freitag und das bevorstehende Wochenende. Oder ihr exotischer Name, den ich kaum aussprechen konnte: A. Hathaway, stand auf ihrem Türschild, obgleich sie akzentfrei Deutsch sprach. Vielleicht mochte sie mich auch mehr als die anderen Arbeitslosen. Plötzlich sagte sie: »Wissen Sie, wie viele Arbeitslose ich diesen Monat vermittelt habe? Keinen!« Sie gab mir reichlich Broschüren und ihre Telefonnummer, dann schickte sie mich nach Hause.

* * *

Die verrücktesten Geschäftsideen grinsten mir im Badezimmerspiegel entgegen. Ich hörte Radio und schaute Fernsehen, auf der Suche nach einer Idee. Ich schaute in einem Wörterbuch nach, was denn genau unter einer Idee zu verstehen sei, und fand folgende Umschreibungen: Idee, Gedanke, Gedankenbild, Gedankenblitz, Erleuchtung, Idée fixe, Ei des Kolumbus …

Die Idee, die plötzlich über mich kam, hörte ich bei passender Gelegenheit und in aller Öffentlichkeit. Ich hörte diese Idee aus meinem eigenen Mund, beim Klassentreffen meiner ehemaligen Schule, ein Treffen, zu dem ich, wie so oft, mittels eines bombastischen Rundschreibens eingeladen wurde; unterzeichnet vom ehemaligen Klassensprecher, heute der Klassensprecher der Ehemaligen: Dr. rer. pol. cand. Dem folgte ein zweites Rundschreiben, zur Erinnerung, und noch eines, zur Information. Rundschreiben auf Rundschreiben ..., wie Mahnungen. Meine Anwesenheit schien ihnen besonders wichtig, als hätten sie geahnt, daß ich zu diesem leidigen Treffen nicht kommen wollte. Ich kannte die Fragen, die bei solchen Gelegenheiten gestellt wurden, nur zu gut:

»Was machst du?«

»Ich? Ich trinke ein Bier.«

»Nein, ich meine beruflich. Was machst du beruflich?«

Wenn ich mich an meinen einstudierten Antworten versuchte, waren sie schon dabei, mir ihre eigenen Antworten auf ihre eigenen Fragen zu geben:

»Ich studiere nämlich Zahnmedizin.«

Als ob mich dies interessieren würde.

Er studierte, je länger er auf mich einsprach, nicht einfach nur Zahnmedizin. Er war bereits so gut wie Zahnarzt.

»Kann man denn davon leben?«, fragte ich.

»Wie bitte?«

»Ob man davon leben kann?«

Jedenfalls könne er mir jederzeit einen Zahn ziehen, und er setzte sich an den nächsten Tisch, wieder mit der ewig gleichen Frage: Was machst du? Was macht er? Was macht sie? Sie macht einen Spaziergang. Nein, beruflich. Was macht sie beruflich? Was kann man damit machen? – die nächste, zweithäufigste Frage. Die dritte Frage, sie galt den zu zögerlichen Antworten auf Frage eins und zwei: Wovon lebt er eigentlich? Mit viel Luft gefragt, heftig nickend oder kopfschüttelnd. Die kopfschüttelnde Antwort bereits in der heftig nickenden Frage aller Fragen: Wovon lebt er eigentlich? Als wäre ich bereits so gut wie tot, und dies völlig zu Recht. Schon in der Schule hatte man es absehen, mir ansehen können. Wovon lebt er eigentlich? Dies klang teils empört, als dürfte ich gar nicht mehr am Leben sein, teils erleichtert, nur ganz selten besorgt.

Wie sehr ich diese Klassentreffen haßte. Einmal im Jahr trafen wir uns, häufiger als alle anderen Klassen. Das letzte Klassentreffen war kaum vergessen, da kam bereits die Einladung zum nächsten Treffen. Klassentreffen? Es handelte sich um Berufsmessen. Sie fragten penetranter als das Arbeitsamt. Jedes dieser angeblichen Klassentreffen war eine Leistungsschau des beruflichen Fortkommens – an den Nebentischen die verstockten Beispiele gescheiterter Sonderlinge, die es nicht anders gewollt, gekonnt oder verdient hatten. Nur deshalb war meine Anwesenheit so wichtig: als abschreckendes Beispiel und Mahnmal im dunstigen Umkreis der Großtische.

»Was machst du?«

»Ich?«

Die ganze Schulzeit hatte er nicht eine Frage an mich gerichtet. Auf seinem Rundgang zum nächsten Großtisch machte er nun beiläufig Rast an meinem Nebentisch. Er setzte sich auf die Tischkante.

Ich antwortete wie üblich: »Ich trinke mein Bier.«

»Nein, was machst du beruflich?«

»Ich hatte kürzlich einen Autounfall.«

»Aha! Schuldig oder unschuldig?«

»Unschuldig.«

»Aha.«

Er wollte meine Unschuld gar nicht hören, war schon dabei aufzustehen, zum nächsten Tisch, da fragte er mich noch einmal:

»Wie geht's beruflich?«

Warum fragte er? Er wußte ja die Antwort nur zu gut, und ich antwortete, ohne zu wissen, was ich antworten sollte oder könnte, doch ich antwortete überraschend schnell:

»Ich bin Schriftsteller.«

Es war das erste Mal, daß ich meine Idee hörte.

Ich dachte, ich hätte gesagt: Ich bin noch nicht ganz fertig. Ich bin mir noch nicht im klaren. Ich weiß es nicht. Doch zu meiner Überraschung hörte ich mich sagen:

»Ich bin Schriftsteller.«

»Wie bitte?«

»Schriftsteller.«

Auf meinem Tisch lag ein Buch.

Ich spürte die Wirkung meiner Antwort leibhaftig.

Er ging nicht zum nächsten Großtisch, sondern blieb bei mir, setzte sich von der Tischkante auf den Stuhl und fingerte nach meinem Bierglas: »Schriftsteller?« Als hätte ich ihm gesagt, ich sei Flötenverkäufer oder Finanzastrologe. Doch er glaubte mir. Als ob dies bei einem Menschen wie mir sehr wohl der Fall sein könnte, mehr noch: als sei der Beruf (oder vielmehr Unberuf) des Schriftstellers in meinem Fall die einzig mögliche Möglichkeit. Er glaubte mir. Ich selbst fing an, mir zu glauben:

»Ja, ich bin Schriftsteller.«

Natürlich fragte er mich: »Kann man denn davon leben?«

Ich antwortete: »Wie du siehst, lebe ich noch.«

Er konnte dies nicht bestreiten.

Ich fügte hinzu, daß ich selbständiger Schriftsteller bin. Als ob es auch unselbständige geben könnte. Ich erklärte ihm: Ein selbstständiger Schriftsteller ist wie ein selbstständiger Unternehmer ... Ich, ein selbständiger Unternehmer. Ich grinste. Er blickte beunruhigt. Ich schilderte ihm alleine die betriebswirtschaftliche Seite der Schriftstellerei: »Ein Schriftsteller ist ein selbständiger Unternehmer!« Er beäugte mich. Meine Äußerungen waren häretisch. Er selbst Wirtschaftstheologe (wie ich es nenne) oder Wirtschaftswissenschaftler (wie er es nennt), ich der dreiste Atheist, der es wagte, wirtschaftlich zu werden: »Ein Fabrikant verkauft Schrauben. Ich, der Schriftsteller, schreibe und verkaufe Bücher.« Er räumte ein, daß er nichts von Büchern verstehe, und ich stimmte ihm zu. »Jedes

Unternehmen«, erklärte ich ihm, ausgerechnet ihm, ich kenne nicht einmal seinen Namen, obgleich wir jahrelang im selben Schlafsaal gelegen hatten, »jedes Unternehmen hat eine Investitions- und eine Ertragsseite.« Wie hätte er dies bestreiten können. Ich übte bereits für das Gespräch beim Arbeitsamt und sprach zunächst von den Investitionen: »Kein Unternehmer investiert weniger als der Schriftsteller.« Sollte er ruhig entgegnen: Kein Mensch verdient weniger als der Schriftsteller. Ich aber sprach von den Investitionen, erst dann von den horrenden Steuern (habe nie behauptet, daß ich diese Steuern bezahle). Zu den Betriebsmitteln der Schriftstellerei: Ein Tisch, ein Stuhl, eine Schreibmaschine, vielleicht noch eine Tischlampe, ein paar Packen Papier und ein wenig Zeit. Ich hatte bereits einen Tisch, einen Stuhl, eine Schreibmaschine, eine Tischlampe, Papier und endlos Zeit. Und ein Bett. Ein Schriftsteller bleibt bis 12 Uhr mittags im Bett. So muß man sich das vorstellen. Genauso hatte er es sich vorgestellt. Ein Schriftsteller verdient sein Geld im Schlaf. Andere verkaufen seine Bücher, während er im Bett liegt. Und ein zweites Bett für seine vielen Leserinnen. Ich begann, mir selbst zu glauben. Ich, der Schriftsteller ... Ich räumte ein, daß auch Schriftsteller Geld für Miete, Essen und Trinken brauchen. Doch wer braucht das nicht? Es gab kein vernünftiges Argument, das er gegen mich hätte vorbringen können. Ich sprach unbestreitbare Tatsachen. »Der Hauptrohstoff des Schriftstellers: 26 Buchstaben, ein paar Kommas und Punkte, frei erhältlich.« Wie hätte er mir widersprechen können, und ich sprach nun von der Ertragsseite: »Ein Buch verkauft sich nur hunderttausend Mal, der Autor bekommt nur einen Euro pro Buch, schon hat er hunderttausend Euro, während er im Bett liegt. Und dies ist nur der Anfang.« Ich bestellte ihm ein Bier, natürlich auf meine Rechnung. Glücklicherweise war ein Hunderteuroschein in meinem Geldbeutel. »Und dies ist nur der Anfang. Es kommen immer weitere Bücher. Man kann sie in jeder Buchhandlung sehen und kaufen: Bücher, Bücher, Bücher...« Ganz abgesehen von dem Ruhm. Für einen Augenblick schien es mir, als würde er selbst daran denken, Schriftsteller zu werden oder ein Schriftstellerunternehmen aufzumachen. Gerne. Ich könnte ihm jederzeit einige Ideen oder Sätze verkaufen ... Ich sprach von modernen Computerprogrammen, Wortzertrümmerungsprogramme, die Wörter anagrammatisch auseinandernehmen und neu zusammensetzen. Jedes neue Wort läßt sich verkaufen, an Schriftsteller, denen die Worte oder Ideen ausgehen ... Ein kleiner Nebenverdienst von mir. Ich bestellte ihm ein zweites Bier, doch er entschuldigte sich, klagte über Schmerzen in der Brust, stand auf und ging an die frische Luft.

* * *

Johanna Schlee brachte mich zum Bahnhof. Ein Schriftsteller fährt nicht mit dem Auto, wollte ich ihr erklären, was ganz überflüssig war, denn sie selbst hielt eine Vielzahl von Erklärungen für mich parat: daß ein Schriftsteller zu sensibel zum Autofahren sei. Daß der Zug das typische Verkehrsmittel des Schriftstellers sei. Ich konnte ihr nur zustimmen. Sie begleitete mich bis zu dem Gleis, auf dem mein Zug fahren sollte. Nicht ich, sondern sie fragte einen Schaffner nach der Abfahrzeit des Zuges, als wäre ich auch dafür zu sensibel, und sie blieb bei mir sitzen, nachdem sie erfuhr, daß der Zug erst in einer Stunde fahren würde.

Es waren besonders die Frauen gewesen, die bei dem Klassentreffen der wiederholten Verkündung meines neuen Berufs Beachtung geschenkt hatten, sich zu mir setzten, mir zugeneigt näherrückten, mir links und rechts beipflichteten. Meine Idee lebte in ihnen noch viel mehr als in mir selbst. Sie lebte am ganzen Tisch. Sie war die Seele der Unterhaltung und sie lebte weiter, als ich aufstand, um Zigaretten zu holen: »Du bist Schriftsteller?« Die Idee begann mich überall hin zu verfolgen. »Du bist Schriftsteller?« Teils hell, teils drucksend gefragt. Selbst abweisende Blicke erwiesen sich im Nachhinein als Schüchternheit, die mich umkreiste, bis ich angesprochen wurde: »Du bist ...« Ja, ich bin ... Sie verfielen der bloßen Idee: Er ist Schriftsteller. Er muß es nicht beweisen, sondern nur sein. Er ist es bereits, wenn er diese Idee nur ausspricht. Er ist diese Idee, die leibhaftig vor ihnen sitzt, die man anfassen und berühren kann. Sie berührten mich in der Tat, nicht nur in streifenden Bewegungen, sondern direkt und offen, besonders Johanna. Sie saß ausdrücklich neben mir. Sie fragte und sie antwortete für mich, wenn mich andere fragten. Sie sprach wissend in meine zögerlichen Antworten hinein. Sie und die anderen sprachen mit großen Mündern das Wort Schriftsteller wie kindliche Archetypen: der Doktor, der Lokomotivführer, der Schriftsteller ...

Und doch: Von früh an, vielleicht im Alter von sieben oder acht, wußte ich, daß ich Schriftsteller werden wollte, daß ich irgendwann Schriftsteller sein würde. Meine Schulaufsätze waren weniger Aufsätze als vielmehr Geschichten. Kommentar der Lehrer: *Bitte keine Geschichten!* Meine Einfälle kamen mir meist morgens im Bett in den Sinn. Sie bezogen sich auf Geschehnisse, die längst vorüber waren. Meine Sätze formten sich frühmorgens, verspätete Sätze für das, was ich im wirklichen Leben nicht sagen konnte oder sagen wollte. Und so folgte Satz auf Satz, Rede auf Widerrede ... Verspätete Sätze ... Ich war ein Zu-spät-Sprechender. *Nun ist es zu spät ... Leider zu spät ...* So fing ich zu schreiben an. Auch in der Schule war ich, zwar pünktlich, doch mit meinen Antworten meist zu spät, wieder ein Zu-spät-Sprechender. Mitarbeit: *zu spät.* Im Lateinunterricht schrieb ich mein erstes Drama, ein weiteres entstand, als wir im Fach Deutsch den *Woyzeck* lasen. Es hat den Titel: *Roy Black.* Von Anfang an wollte ich Schriftsteller werden. Ich hatte es nur vergessen. Ich erinnerte mich nun, während ich mit Johanna und den anderen saß, an die vielen

Fragmente, die ich geschrieben und vergessen hatte. Plötzlich kamen mir Ideen für Romane. Oder Romane anstelle von Ideen. Sie waren in wenigen Sätzen formuliert. Bereits die Idee, Schriftsteller zu sein, war ein Roman. Alles fügte sich der Schriftstellerei. Mein Autounfall war nun ein Autorunfall. Sie lachten. Oder: »Ein Schriftsteller ist in Wahrheit ein Sprechsteller. Oder ein Sprechsitzer.« Sie schauten mich nachdenklich an. Mein Leben: eine fortlaufende Verspätung. Die Fremdenzimmer, in denen wir nächtigten, waren Fremdenzimmer, keine Gästezimmer oder Nähezimmer oder Freundezimmer. Ein Schriftsteller spricht dies offen aus: *daß wir den Menschen im Grunde völlig gleichgültig sind; und eines Tages wissen wir dann plötzlich, daß es vielmehr Gott ist, dem wir gleichgültig sind. Er kümmert sich nicht um uns, weder so noch so.* Gestohlen von Pursewarden. Pursewarden mein Lieblingsschriftsteller. *Die Kunst*, schrieb Pursewarden, *ist der freudige Kompromiß mit allem, was uns im Leben verwundet oder trifft.* Oder: *bis daß der Schmerz zur Kunst wird.* Idee hinsichtlich der Kapiteleinteilung künftiger Romane: Meine Romane werden keine Kapitel haben, sondern Abteile – wie Eisenbahnabteile. Ich zitierte andere Schriftsteller. Ich zitierte mich selbst: »Sich selbst zu zitieren ist der Beginn einer lebenslangen Leidenschaft.« Ich überlegte mir Namen für ein Pseudonym: Pursewarden – oder etwas ähnliches. Ich sah mich in Lesungen, in Buchhandlungen, auf Buchrücken, in Büchern ... Romane und Romanfiguren formten sich in meinem Kopf. Ich wollte aufstehen und gehen, doch ich blieb sitzen und sprach weiter. An den Großtischen saßen die Männer mit ihren Berufen unter sich.

Erst auf dem Bahnsteig sprach Johanna davon, wie gerne sie etwas von mir lesen würde, nein, sie sagte: wie gerne sie *mich* lesen würde. Am Abend zuvor hatte sie gesagt: »Ich lese am liebsten im Bett.« Sie fragte zögerlich, in mehreren Anläufen, weil sie wußte – sie alle wußten es –, daß womöglich keine Zeile von mir veröffentlicht ist. Ich erwähnte mein Drama *Roy Black*. Ich erwähnte meine vielen Fragmente und Ideen ... Sie fragte nicht weiter. Sie schwieg, weil sie, wie so viele Menschen, eine heimliche Leserin sein wollte. Weil sie nicht bitten wollte. Weil sie lesen wollte, ohne dies kundtun zu müssen, ohne Wissen des Autors, ohne auf eine Antwort festgenagelt werden zu können, ohne die Pflicht eines Urteils. Schon alleine deshalb muß es Bücher geben! – für die heimlichen Leser. Sie fragte nicht weiter, also sagte ich:

»Es gibt Bücher von mir. Man kann sie überall kaufen.«

Sie schaute überrascht auf.

»Ich schreibe unter einem Pseudonym.«

»Welches Pseudonym?»

»Bo Hamburger.«

»Bo Hamburger?«

Sie glaubte, von dem Namen gehört zu haben.

»Bo Hamburger?«

Sie schielte auf einen Bahnhofskiosk, als ob ich dort liegen würde. Endlich kam der Zug. Sie versprach mir, mich anzurufen. Sie verabschiedete mich mit der Andeutung einer Umarmung und den Worten: »Bis bald, Bo Hamburger.«

Am nächsten Tag fragte ich in Buchhandlungen nach Bo Hamburger, in der Tat ein Schriftsteller. Man führte mich zu einem Regal mit erschreckend vielen Bänden Bo Hamburgers. Ich kaufte den dünnsten Band. Möglicherweise lag Johanna, meine heimliche Leserin, mit diesem Buch bereits im Bett. Ich ging ebenfalls zu Bett. Auf dem Buchrücken entdeckte ich ein Foto Bo Hamburgers: Ein alter Mann, ein grauer Bart, eine zerfurchte Stirn, eine wuchtige Hornbrille ... Er sah mir beim besten Willen nicht ähnlich. Ich erhielt keinen Anruf von Johanna. Vielleicht telefonierte sie statt dessen mit Bo Hamburger.

* * *

Schriftsteller: Ich war es die ganze Zeit, ein stiller Beobachter, ein Notierer, ein Dramatiker nachträglicher Dialoge, ein Conférencier ausufernder Selbstgespräche, ein Übertreiber, ein Fiktionalisierer, ein Farceur ... Immer weitere Manuskripte kamen mir in den Sinn, nicht nur solche, die ich demnächst schreiben würde, sondern auch die, die ich bereits geschrieben hatte – geschrieben und wieder vergessen. So wie ich mich selbst jahrelang vergessen hatte.

Je länger ich darüber nachdachte, um so mehr fügte sich wie geschenkt zu meinen Gunsten: Es gibt Kunstakademien, aber keine Schriftstellerakademien. Ein Glück! Eine solche Einrichtung wäre das Ende meiner Gedanken gewesen. Ich fand kein B, das mich hätte behindern können. Nichts von den üblichen B's. Alles Berufliche beginnt mit dem Buchstaben B: das Beglaubigte, Bescheinigte, Bezeugte, Behördliche, Beeidete … Keine Bescheinigungen oder Bewerbungen mehr! – nicht einmal eine Bescheinigung, daß ich schreiben kann. Ich kann schreiben, was ich will. Ich bin Schriftsteller. Man muß nur den Mut aufbringen, dies auszusprechen. Man muß sich nur hinsetzen und einen Anfang machen. Ich mußte mich nicht einmal hinsetzen, sondern einfach nur sitzen bleiben …

* * *

Meine Arbeitsvermittlerin, die ich angerufen hatte, die mir sogleich einen außerordentlichen Termin gegeben hatte, die mich ob meiner Initiative und des hörbaren Enthusiasmus' in meiner Stimme mit den größten Erwartungen empfing, an den üblichen Wartereihen des Amtes vorbei, sie sagte zunächst nichts, als ich meine Geschäftsidee aussprach. Sie saß regungslos. Ich sprach ganz und gar ökonomisch, ja betriebsökonomisch. Ich zitierte aus dem Buch *Der Schriftsteller*. Es war noch gar nicht geschrieben, doch ich hätte jederzeit ein solches Buch schreiben können … Bis zu den Briefklammern listete ich ihr die geringen Aufwendungen meiner Idee auf. Es fehlte nur noch das Geld zum Leben. Ich skizzierte, ihrer Broschüre folgend, einen Fünfjahresplan und eine Art Geschäftsbericht *in futurum* …

Ich formulierte meine Gedanken halb im Ernst, halb im Spaß, sollte sie anfangen zu lachen oder mich nach Hause schicken. Ich hätte dann nur Spaß gemacht – Spaß eines Schriftstellers, der alleine durch die Idee, einen solchen Beruf zu ergreifen, sich verdächtig macht, ein Schriftsteller zu sein …

Sie wirkte auf eine merkwürdige Art einverstanden, ohne Enthusiasmus, aber auch ohne jedes Anzeichen von Befremdung oder Bestürzung, womit ich gerechnet hatte, wogegen ich von vornherein hatte ansprechen wollen. Doch nicht die geringste Zurechtweisung meiner Idee als haltlose Verrücktheit. Sie sagte so gut wie nichts, fragte mich nur, was ich denn zu schreiben gedenke?

»Dramen und Romane.«

»Keine Gedichte?«

»Keine Gedichte«, versicherte ich ihr.

»Warum«, fragte sie mich später, »warum gerade Schriftsteller?«

»Weil ich nie etwas anderes werden wollte.«

Ob mir das Schreiben Freude machen würde?

»Ja!«

Ob ich bereits etwas geschrieben hätte? – eine Frage, die ich erwartet, sogar erhofft hatte, und ich überreichte ihr ein frühes Drama von mir. Sie fing auf der Stelle an darin zu blättern und zu lesen, fragte mich, ob sie das Manuskript nach Hause nehmen dürfe, nicht um mich zu überprüfen, sondern nur aus Interesse. Meinem Antrag stehe nichts im Wege. Sie war schon dabei, ihn mit Randbemerkungen und Kürzeln ihrer Unterschrift zu versehen. Häkchen auf Häkchen ihres Einverständnisses. Mein Manuskript lag auf ihrem Schoß. Sie behandelte den Antrag mit beiläufiger Routine, nicht jedoch das Manuskript. Sie legte es zu ihren privaten Dingen in einen Einkaufskorb. Sie versprach mir, mich anzurufen. Die Ungeduld der draußen Wartenden drohte jeden Moment in das Büro hineinzuplatzen, also reichte sie mir die Hand und geleitete mich, zum ersten Mal, bis zur Tür.

* * *

Der Titel des Theaterstücks lautet: *Die höchst jammervolle römische Tragödie von Titus Adonis, geschrieben mit vierzehn Jahren*. Mein erstes Drama. Keine Zeile ist ernst gemeint. Es ist ein blutrünstiges Stück. Das Stück strotzt vor blutrünstigen Übertreibungen. Alles ist (mit voller Absicht) übertrieben, bereits die Unmengen an Personen und Toten. Mehr als 50 Figuren kommen in *Titus Adonis* vor, beginnend mit den 25 Söhnen von Titus Adonis, von denen 24 sterben … Es werden Menschen gevierteilt und verbrannt. *Rauch zieht auf die Bühne.* Titus ersticht im Vorbeigehen den 22. Sohn, weil er ihm im Weg steht. Eine Hebamme wird während einer schwierigen Geburt ermordet ... etc.

Nicht eine Zeile ist ernst gemeint. Ich hatte dieses Stück während des Lateinunterrichts geschrieben: eine Farce, von *farcire*, Lateinisch für vollstopfen. Ich hatte mein Publikum vollstopfen wollen, hatte vorgehabt, das Stück an meiner Schule aufführen zu lassen, was mir untersagt wurde. Ich hatte dem Schulleiter vergeblich zu erklären versucht, daß es sich in Wahrheit um eine Farce handelt – es ist im Untertitel (wenn auch unsichtbar) angedeutet: *Römische Farce in fünf Akten*. Den ganzen Abend versuchte ich meine Arbeitsvermittlerin anzurufen, um ihr das zu erklären. Ich hatte mein Stück so schlimm nicht in Erinnerung gehabt. Ich hätte ihr andere, gelungenere Dramen von mir mitgeben können, vielleicht *Roy Black*. Ich hatte mich nur deshalb für dieses (längst verjährte) Jugendstück entschieden, um ganz offen und ehrlich zu sein. Sie nahm den Hörer nicht ab. Ich hatte gar nicht vor, das Stück einem Verlag anzubieten. In meiner Schublade liegt immer noch das erboste Schreiben eines Verlags, dem ich das Manuskript (vierzehnjährig!) zugeschickt hatte. Der Brief endete mit dem Satz: »eines der dümmsten und uninspiriertesten Stücke, die je geschrieben wurden.« Ich hatte nie eine andere Antwort erwartet. Das Stück ist mit Absicht von vorne bis hinten schlecht. Jede Zeile räumt es grinsend ein: Ich bin schlecht! Das Stück ist skandalös. Gerade deshalb hatte ich es ihr gegeben, um ihr zu zeigen, daß ich durchaus skandalös werden kann. Auch der Verkaufszahlen wegen. Es treibt mit Absicht die Dinge auf die Spitze. Es bringt die Verhältnisse zum Tanzen. Es überholt nicht von links, sondern von rechts ... »Nein«, so der Brief, »Ekel ist es gewiß nicht und Bezauberung schon gar nicht, die sich bei der Lektüre einstellen« – ich hatte weder das eine noch das andere beabsichtigt – »und daß Genie durch eine Laune der Natur dem Verfasser zuteil geworden sei, vermag ich nicht zu sehen.« Als ob ich dies je behauptet hätte. Ich hatte lediglich vermerkt: *geschrieben mit vierzehn Jahren*.

Sie nahm den Hörer nicht ab.

Später am Abend klingelte das Telefon. Sie nannte sich nicht nur mit dem Nachnamen, sondern auch (zum ersten Mal) mit ihrem Vornamen: Anne. Sie sprach ihren Vornamen englisch aus, entsprechend ihrem englischen Nachnamen: »Hallo, hier ist Anne Hathaway.« Ich weiß bis heute nicht, ob sie Deutsche oder Engländerin ist (oder möglicherweise mit einem Engländer verheiratet ist, oder mit einem Engländer verheiratet war).

»Ich habe Ihr Stück gelesen.«

Ich sagte nichts.

Sie sagte ebenfalls lange nichts.

Ich erklärte ihr, daß nicht ich dieses Stück geschrieben habe.

Sie glaubte mir nicht.

»Nicht eine Zeile ist ernst gemeint«, sagte ich.

»Ich weiß«, antwortete sie.

Im Hintergrund hörte ich Musik.

Sie entschuldigte sich für die späte Störung. Sie

hatte das Stück zweimal gelesen, und beim zweiten Lesen eine Flasche Wein geöffnet.

»Es ist mein schlechtestes Stück«, erklärte ich ihr.

»Es ist nicht schlecht! Es ist vieles, aber nicht schlecht!« Sie nannte mir zahllose Eindrücke und Wirkungen: Ekel, Wut, Erstaunen, Befremden, Mitleid und Lachen, obwohl sie nicht hatte lachen wollen, weil sich in meinem Stück alles Lachen verbiete, und gerade deshalb das Lachen immer wieder hervorbreche, was den Leser beschäme. Ich hatte sie stundenlang beschämt …

Am meisten mußte sie lachen, als Titus und sein Bruder mit Pfeil und Bogen auf die Götter im Himmel schießen …

»Ich neige zur Übertreibung«, sagte ich.

»Ich liebe Übertreibungen«, antwortete sie.

Und die Götter schrieen auf und purzelten nach und nach auf die Bühne, ein Pfeil im Hintern von Jupiter.

Über solche Szenen mußte sie lachen.

Über andere Dinge wiederum regte sie sich furchtbar auf.

Andererseits wollte sie nicht, daß ich irgend etwas zurücknehme oder umschreibe. Man dürfe Bücher (wie Menschen) nicht zurücknehmen oder umschreiben. Sie fand mein Stück weder schlecht noch gut. Sie erwähnte Bücher, »sicherlich gute Bücher«, die gar nichts bei ihr bewirkt oder hinterlassen hatten.

Plötzlich sagte sie: »Bitte schreiben Sie weiter!«

Sie versprach mir ihre Unterstützung.

Sie nannte mich, halb im Spaß, halb im Ernst:

Schriftsteller. Später sagte sie einmal: »Vielleicht sollte ich so nicht sprechen.«

»Warum?«

Warum hätte sie nicht so sprechen sollen? Warum hätte sie mich nicht so nennen sollen? Sie nannte ja auch, wie sie selbst einräumte, täglich ihre Arbeitslosen bei ihren Berufen, auch wenn sie es nicht mehr waren, oder nur sein wollten, und es war ihr immer wichtig, was Menschen sein wollten.

»Ich verstehe nicht viel von Literatur«, gab sie zu bedenken.

Ausgerechnet sie, die so gerne und so viel las. Sie verglich immer wieder Bücher mit Menschen, und Menschen mit Büchern. (Wie Pursewarden!) Eine vergriffene Auflage war ihr wie ein Tod. Sie las all meine Manuskripte, die ich ihr zum Lesen gab, noch bevor ich sie an Verlage schickte. Ihre Reaktionen sind mir immer noch im Ohr: »Ich habe gelacht.« »Ich habe geweint.« »Ich habe mich furchtbar geärgert.« Sie ärgerte sich oft: über Worte, Sätze oder Begebenheiten, bei denen ich es am wenigsten erwartet hätte. Trotzdem durfte ich (ihretwegen) keine Zeile verändern.

Nur einmal, als ihr eine Erzählung von mir besonders gut gefiel, sprach sie Englisch: »You are quite impossible.«

»Es gibt mehr schlechte Leser als schlechte Autoren«, meinte sie, wie zum Trost, vorausblickender Trost. Sie war eine gute Leserin, meine Lieblingsleserin. Um die Wahrheit zu sagen: meine einzige Leserin. Wenn ich schrieb, dann dachte ich nur an sie, alleine in ihrem Zimmer, meine Manuskripte auf ihrem Schoß, daneben das Telefon. Manchmal telefonierten wir stundenlang, sie mit einer Weinflasche an ihrem Bett, ich mit einer Weinflasche an meinem Bett. Sie unterstützte mich, so lange und so gut es ging, mit aufmunternden Worten und viel Geduld, mit ihrer Unterschrift und Zuständigkeit für mich, mit Bescheinigungen, Stempeln und Verlängerungsanträgen, mit ihrer Antragsprosa (wie sie es augenzwinkernd nannte), mit Handlungen an der Grenze der Legalität, und mit ihrer lächelnden Art zu sagen: »Ich liebe Übertreibungen.«

* * *

Mein Rat an alle Schriftsteller, die ihre Manuskripte an Verlage zu schicken beginnen: Der Begleitbrief sollte kurz sein, frei von Erklärungen, warum man beiliegendes Werk geschrieben hat, wie es gemeint ist, wie es zu verstehen ist. Mit langen Erklärungen bringen wir sie von vornherein gegen uns auf. Sie sind es bereits: aufgebracht, überarbeitet und zum äußersten gereizt. Ein gutes Manuskript bedarf ohnehin keiner Erklärung. Es spricht für sich selbst. Stellt sich nun die Frage, wie man sie dazu bringt, das Manuskript durchzublättern? Indem man ihnen in aller Kürze schreibt. Der Brief darf nicht überschwenglich wirken: *Schaut her, ich habe einen Roman geschrieben* … Na und? Dies sind weder gute noch neue Nachrichten, sondern weitere Zentimeter eines ewigen Fließbandes. Sie blicken kaum anders als die Kassiererinnen in Supermärkten: überarbeitet, besorgt, verärgert, resigniert, ohne ein Ende ihrer Arbeit absehen zu können. Und der nächste Kunde, und der noch, und noch einer, und auch noch der, ausgerechnet der, meterweise *Ders*. Die Blicke der Kassiererinnen sprechen immer dieselben Worte: *Bitte nicht!* So auch – vermute ich – die Blicke der Lektoren. Der schlimmste Moment des Tages die Ankunft des Postboten. Ich sehe den seufzenden Widerwillen an ihren überladenen Tischen deutlich vor mir: *Oje, ein Roman*. Oder: *Bitte nicht! Nun hat auch er angefangen zu schreiben*. Vielleicht sollte man ihnen schriftlich versichern, lange Zeit nichts mehr zu schreiben, jedenfalls die nächsten Jahre, oder nur noch kurze Erzählungen, keine Romane mehr. Sie würden uns nicht glauben oder dies als freche Ironie zurückweisen. Romane und Erzählungen. Mit solchen Bezeichnungen sollte man zurückhaltend sein. Ein angeblicher Roman kann sich schnell als Irrtum oder etwas ganz anderes erweisen: vielleicht als Novelle, die sie mit dem Kommentar zurückschicken: »Das kann jeder behaupten.« Man sollte lieber nichts behaupten. Ohne etwas zu behaupten oder zu erklären oder zu präjudizieren, sollte man in einfachen Worten und in den allgemeinsten Formulierungen schreiben: *Hier schicke ich Ihnen einen Text von mir*. Dies als nüchterne, meinetwegen triste Tatsache, die sie nicht abstreiten können. Wer könnte das Wort Text bestreiten. Sie können, wenn sie das Kuvert öffnen, nicht leugnen, daß ein Text vor ihnen liegt (möglichst dünn und unauffällig gebunden), den sie soeben erhalten haben. Der Brief darf nichts Über- oder Unmäßiges mit sich führen; nichts Überspanntes oder Überflüssiges verbreiten. Er darf nicht angestrengt oder übersteigert oder gar verstiegen wirken; erst recht nicht exaltiert; auch nicht hoffnungsvoll. Ein guter Brief ist eine Form von angewandter Literatur. Er ist unauffällig und wortkarg und geht jedem Streit aus dem Weg. Er übermittelt unbestreitbare Tatsachen: beiliegenden Text. Er findet sich selbst dann, wenn sie ihn nicht finden wollen. *Hier schicke ich Ihnen einen Text von mir*... Schon das Wort *hier* ist überflüssig. Es ist ja (zu ihrem Leidwesen) unverkennbar, daß das Manuskript hier ist, also sollte es besser heißen: *Ich schicke Ihnen einen Text von mir*. Von mir, ist ebenfalls unnötig. Von wem sonst sollte der Text sein? Von wo sonst hätte ich ihn schicken sollen, wenn nicht von mir? Also kürzer: *Ich schicke Ihnen einen Text*. Und selbst dieser Satz enthält Längen, da es ja offenkundig ist, daß ich ihnen und nicht irgend jemand sonst einen Text schicke, also müßte es heißen: *Ich schicke einen Text*. Das Wort *Ich* kann man ebenfalls streichen. Ein gewandter Brief beginnt nicht mit dem Wort *Ich*. Man könnte sogar sagen, der ganze erste Satz sei überflüssig, ist es doch offensichtlich, daß ich ich bin, daß etwas geschickt wird, daß ein Text und nicht etwas anderes geschickt wird. Der beste Brief wäre ein leeres Blatt Papier, nur mit dem Absender und der Anschrift und einer (nicht zu großen) Unterschrift versehen, und allerhöchstens (wenn überhaupt) einem einzigen Satz: *Anbei ein Text.*

* * *

Jedes Buch hat sein Schicksal, sagt ein lateinisches Sprichwort, so auch meine Bücher (oder besser Manuskripte), die alle ein ähnliches Schicksal haben. Nicht einfach nur haben, sondern vielmehr durchlaufen haben, denn Schicksal ist mehr als nur ein bestimmtes oder vorbestimmtes Ende, sondern ein Verlauf, oder eine ganze Geschichte, mit Anfang, Mitte und Ende, und doch nicht Ende, weil es immer weiter geht oder man wieder von vorne beginnen kann ..., eine Geschichte voller Wendungen, Schwünge und Umschwünge. Man denke an die Erzählungen des Christentums: Schöpfung, Fall, Jüngstes Gericht ... Ganz ähnlich der Schicksalslauf meiner Manuskripte, nur in anderer Reihenfolge: Schöpfung, Gericht, Fall ... Nächste Schöpfung, Gericht, Fall ... Und noch einmal von vorne ... Und noch einmal ...

Am Anfang war das Wort. Ich begann, in der Bibel zu lesen. Am Anfang war das Wort. Doch kein Wort darüber, wie man es veröffentlicht. Ich meine dies ernst. Kein Buch, das ich gelesen habe, erwähnt die Frage, wie es kommt, daß dieses Buch überhaupt gedruckt ist. Über ein solches Wunder sollte man sprechen. Sie sind einfach da, mir nichts, dir nichts, ohne eine Erklärung, einen Hinweis oder Rat. Wir sind, weil wir sind, weil wir sind ...

Ich kaufte ein Verzeichnis, in dem alle Verlage in alphabetischer Reihenfolge aufgelistet sind, ging methodisch vor, beginnend mit dem Buchstaben A, schickte das erste Manuskript an die erste Adresse des Buchstaben A ... Nach sechs Wochen kam die Antwort: »Haben Sie besten Dank für Ihr freundliches Schreiben ...« Sie lobten bereits meinen Brief, den ich nach reiflicher Überlegung verfaßt hatte: *Anbei ein Text.* »Ihre Geschichte wurde zwischenzeitlich seitens unseres Lektorats gelesen ...« Warum Geschichte? Es handelte sich um eine Erzählung. Glücklicherweise war ich von vornherein jedem Streit aus dem Weg gegangen und hatte meine Erzählung Text genannt. »Ihre Geschichte wurde zwischenzeitlich seitens unseres Lektorats gelesen ...«, nicht einfach nur gelesen, sondern mit »anhaltendem Vergnügen und größtem Interesse eingesehen. Schmunzeln wiederholte sich immer und immer wieder in den Mundwinkeln des geneigten Lektors ...« Ich war für die baldige Veröffentlichung meiner »Geschichte« vorgesehen, legte den Brief zur Seite, las den Brief ein zweites Mal: »Wir können eine prompte Herausgabe baldmöglichst vorsehen, wenn Sie zur Zahlung eines einmaligen Kosten- und Risikoanteils bereit sind.« Warum Risiko? »Siehe Anlage: Startauflage 300 Exemplare; Buchformat 205 x 135 mm, Karton, 240 g/m^2, zweifarbig (schwarz auf weiß), Drucklackierung (matt), Klebebindung, Druckkostenbeitrag Euro 4.476,– zuzüglich 16 % gesetzlicher Mehrwertsteuer ...«

Immer wenn ich einen neuen Anlauf unternahm, ein neues oder altes Manuskript erstmalig zu versenden, schickte ich es zuerst an diesen freundlichen, kleinen Verlag. Er war nicht nur freundlich, zu mir und zu den Manuskripten, sondern verlieh ihnen den größtmöglichen Schwung, den Anlauf und die Aura für weitere Versuche. Jedesmal wurden meine Werke von diesem Verlag mit Begeisterung empfangen und mit den besten Wünschen (und auch voller Bedauern) zurückgeschickt. Sie waren voll des Lobes, nicht nur ihre Briefe, sondern auch meine Manuskripte, wenn sie mit diesen Briefen wieder zurückkamen. Ich spürte es. Ich roch es. Die Manuskripte strotzten vor Selbstbewußtsein und Sieghaftigkeit. Sie waren aufgeladen wie knisterndes Metall oder funkensprühende Batterien. Sie waren voll des Lobes. Sie wirkten auratisiert. Mit einer einzigen Bewegung nahm ich sie aus dem Kuvert und steckte sie in neue Kuverts, die ich sogleich, so lange das Selbstbewußtsein noch frisch war, an andere Adressen schickte; auf den Seiten des Manuskriptes noch die Fingerabdrücke und Berührungen dieses freundlichen Verlags; in meiner Schublade dessen freundliche Briefe, die mit meinen Manuskripten (eng aneinandergedrückt) im selben Kuvert gelegen hatten. Die nachfolgenden Empfänger bekamen diese Aura zu spüren. Ich selbst spürte ihre Nachwehen, selbst wenn spätere Verlage mir einen negativen Bescheid gaben:

Vielen Dank für Ihr Manuskript. Wir haben uns Ihr Werk angesehen, konnten uns aber leider nicht zu einer Publikation entschließen. Wir fällen damit jedoch weniger ein Urteil hinsichtlich der Qualität Ihres Textes, den wir für flüssig geschrieben und inhaltlich abgerundet halten, sondern bezüglich unserer Programmplanung. Aus diesem Grund empfehlen wir Ihnen, es bei einem anderen Verlag zu probieren.

Immerhin: Sie bedankten sich. Immerhin, sie hielten den Text für flüssig geschrieben und inhaltlich abgerundet. Sie fällten kein Urteil über dessen Qualität, obgleich sie ihn für flüssig geschrieben und inhaltlich abgerundet hielten. Wenn ich es nun inhaltlich aufgerundet hätte? Sie legten vieles zu ihrem Nachteil und zu meinem Vorteil aus. Sie wünschten mir viel Erfolg. Sie hielten meinen Text für keine Geschichte. Immerhin.

Die nächste Antwort des nächsten Verlags, nicht unfreundlich, doch die Sätze deutlich kurzatmiger, als hätte das Manuskript bereits an Ausstrahlung verloren: »Danke für Ihren Text. Wir haben ihn gelesen, konnten uns aber leider nicht für eine Veröffentlichung entscheiden. Ich sende ihn wieder zurück.« Die nächste Antwort: »Eine Veröffentlichung in unserem Programm kommt nicht in Frage.« Erstmals spürte ich einen echauffierten Unterton. Das kommt überhaupt nicht in Frage. Wie kann er es wagen. Als hätte ich einer unerreichbaren Frau einen Antrag gemacht. Die nächste Antwort: »Wir konnten Ihren Text zwar lesen, aber es ist uns nicht möglich, das Manuskript zurückzuschicken, wenn kein Rückporto beiliegt.« Nächste Antwort: »Wir sind mit Arbeit über beide Ohren eingedeckt und schaffen es einfach nicht.« Um sie aufzumuntern legte ich in das nächste Kuvert Bonbons. Die Antwort: »Da mir meine Mutter verboten hat, Süßes von Fremden zu nehmen, schicke ich Ihnen die Bonbons nebst Manuskript wieder zurück.« Die darauffolgenden Antworten: »Paßt nicht in unser Programm.« Der ewige Refrain all dieser Briefe: Paßt nicht ins Programm. Paßt nicht ins Programm. Ich fragte sie schriftlich: Ob ich dieses Programm einmal einsehen dürfte? Ob sie mir dieses Programm vielleicht zuschicken könnten? Ob man es irgendwo kaufen könnte?

Der Monat Mai ist die ungünstigste Zeit, ihnen etwas zu schicken. Im Radio hörte ich die Klagen eines Verlegers über den Monat Mai: »Immer im Mai. Immer schicken sie ihre Sachen im Mai.« Wie nach einem Winterschlaf. Er haßte den Mai, sprach von absurden Blüten und blühenden Phantasien: »Es kommt der Mai, und es kommen die Manuskripte.« Als ob es sich um eine Maikäferplage handeln würde. Die Stimme im Radio krümmte sich vor Abscheu. Ich stellte mir vor, wie er sich, mit einer Fliegenklatsche in der Hand, in seinem Büro einschloß und wahllos auf die Plage einschlug: *weg, geht weg, off you go …* – an den Fenstern Moskitogitter, auf dem Schreibtisch Insektensprays. Jeden Tag bringt die Post weitere Säcke derselben Plage. Er sprach nun ganz offen: Die allerallermeisten Manuskripte seien unsäglich schlecht. Besonders im Monat Mai. Er hustete. Literatur sei ein langer Weg.

Man könne nicht einfach mir nichts, dir nichts schreiben und Texte verschicken. Man müsse (wie überall sonst) klein anfangen: ein erstes Gedicht, eine erste Geschichte; der Rat des Deutschlehrers; üben, üben und nochmals üben; vielleicht ein Schreibseminar und ein Dichter als Mentor; unter seiner Anleitung und Obhut weitere Aufwärmübungen; auf seine Empfehlung eine erste Lesung vor einer Jury; Lob und Kritik; Anregungen und noch ein langer Weg; Qualifikationen für kleinere Literaturwettbewerbe. Wie im Sport: Bundesjugendspiele, F-Jugend, E-Jugend, D-Jugend …; Reiterabzeichen, A-Dressur, M-Dressur, S-Dressur …; silberne Reiterpeitsche, goldene Reiterpeitsche; Landesliga, Oberliga, Bundesliga …

Ich verschickte, meinem Verzeichnis folgend, die Manuskripte in alphabetischer Reihenfolge, von A bis Z: A der freundlichste Buchstabe; B nicht unfreundlich, doch merklich lakonischer als A; C zunehmend gleichgültig; D echauffiert; ab E die ständige Rede vom Programm: *Paßt nicht ins Programm*; von F keine Antwort. Ich erkundigte mich bei F, warum sie mir nicht antworteten, und sie antworteten: »Nachdem Sie sichtlich ungeduldig werden und die Begutachtung noch einige Zeit dauern würde, ersuchen wir Sie um Zusendung von 10 Euro, um Ihnen das Manuskript retournieren zu können.« Woraufhin ich antwortete: »Ich habe nur nach dem Stand der Begutachtung gefragt. Dies war keine Ungeduld, sondern nur eine Frage.« Woraufhin sie antworteten: »O doch, es war Ungeduld.« Ich hätte diesem Streit aus dem Weg gehen sollen. Ab G beginnt der Fall. Ich legte Zigarettenpapierchen zwischen bestimmte Seiten. Wenn die Manuskripte zurückkamen, weil sie nicht ins Programm paßten, lagen die Papierchen unberührt. Ich war erleichtert. Ihre Antwort richtete sich weder gegen mich noch gegen den Text, den sie nicht gelesen hatten. Bei G fehlten die Papierchen. Kein Wunder. G fing an zu urteilen ... Sie urteilten mit der Feststellung, daß ich nicht mehr länger behaupten könne, man habe mich nicht gelesen. Die drei Zigarettenpapierchen klebten neben dem ersten Satz ihres Briefes: »Anbei drei Zigarettenpapierchen. Unser Eindruck läßt sich mit einem Satz zusammenfassen ...« Sie beließen es nicht bei einem Satz. Sie waren nach fünf Sätzen noch nicht fertig. Als hätten sie jahrelang auf dieses Manuskript gewartet, um gemeinsam, an einem langen Tisch sitzend, ein Exempel zu statuieren. Es muß endlich einmal gesagt werden. Es muß endlich einmal gesagt werden ... In jedem Satz das Wort schlecht: unsäglich, unbeschreiblich, unerhört schlecht; der Ort der Handlung, die Handlung selbst, die Hauptfiguren und Nebenfiguren, meine Absichten ..., schlecht, schlecht ..., und auch noch schlecht geschrieben ... Und sie wiederholten ihre Feststellung, ich solle nicht behaupten, man habe mich nicht gelesen. Mit G begann der Fall. Das Manuskript bereits zerfleddert und voller Kaffeeflecken. Es schrieben nun nicht mehr einzelne Ichs, sondern viele *Wirs*: Wir finden ... Wir denken ... Wir meinen ... Ich hatte G kaum abgelegt, da kam H, als hätte sich mein Fall bereits herumgesprochen: »Sie schicken ein Drama an unseren Verlag? Ein Drama!? Sind Sie noch bei Trost!?« I erwähnte mich mit keinem Wort, sondern fragte: »Ist Ihnen etwas aufgefallen? Haben Sie den Fehler bemerkt? Nein? Sie hätten ihn aber bemerken sollen. Der Konjunktiv!« K bedankte sich und schickte »das Faszikel« mit freundlichen Grüßen zurück. K.i.K. hatte große Bedenken, auch wegen der Rechtschreibreform. Mitte des Alphabets (die großen Verlage) begann der Fall. Mein Fall war jedoch kein freier Fall. Es war nicht so, daß ich in direkter Fluglinie auf den Boden von X, Y, Z zuflog. An manchen Fenstern hörte ich aufmunternde Zwischenrufe und Zwischentöne. Man könnte die Fluglinie des Falls als Kreisbahn sehen, die, wenn man sie aufzeichnet, der Form eines Saxophons nahekommt …,

A B
C
D
E
F
G
H
I
J U V W X
K T Z Y
L S
M R
N Q
O P

eine Kreis- oder Flugbahn, deren rapider Fall gegen Ende des Alphabets wie ein abstürzendes Flugzeug aufgefangen wird und wie bei einem Looping wieder an Höhe gewinnt, um sich mit den letzten Buchstaben schneckenförmig zusammenzurollen. Wie man sieht, wendeten sich von P an die Antworten wieder zum Besseren. Brief von P: »Nun habe ich mir Ihr Manuskript angesehen und kann mir durchaus vorstellen, daß da ein Buch entstehen kann, leider nicht bei uns, da unsere Möglichkeiten, junge Autoren zu veröffentlichen, für die nächsten Jahre erschöpft sind.« Ich antwortete, daß ich gar nicht mehr so jung bin, nach all den Jahren. »Gerne bin ich bereit, ein oder zwei Jahre zu warten.« Ob es möglich sei, mich auf eine Warteliste zu setzen? Keine Antwort. Brief von Z: »Mir gefällt Ihre Art zu schreiben, doch ich sehe nicht, wie man es zu den Menschen bringen kann.« Wie man es zu den Menschen bringen kann? »Indem man es veröffentlicht«, schrieb ich zurück. Keine Antwort.

Ich verschickte Romane, Erzählungen und Dramen. Sie alle folgten obiger Flugbahn. Brief von Q: »Warum spielt das Stück ausgerechnet in Dänemark?« Warum nicht? Was hatten sie gegen Dänemark? »Ein Land in Lateinamerika – darüber könnte man reden«, wenn ich bereit wäre, sehr hart an dem Stück zu arbeiten … Ich verschickte nun Dramen und Erzählungen, die ich gar nicht geschrieben hatte, unbekannte Werke bekannter Autoren, die ich in den Computer gescannt und unter meinem Namen ausgedruckt hatte. Oder ich begann, berühmte Werke der Literatur am Computer zu bearbeiten, tauschte Daten aus, verlegte Handlungsorte an neue Orte, veränderte die Namen der Personen, ersetzte weltberühmte Namen durch Allerweltsnamen, setzte mit Vorliebe die Namen meiner ehemaligen Klassenkameraden ein. Der Rat von W: Ich solle im Alphabet noch einmal von vorne beginnen und es bei B versuchen, von wo ich wieder nach unten verwiesen wurde, zu R. Von R die Frage: Warum ich meine Werke unbedingt veröffentlicht wissen wolle? Warum? Ich wußte keine Antwort. »Warum immer gleich veröffentlichen?« Warum es mir nicht genug sei, nur für mich selbst zu schreiben? Ich wußte keine Antwort. Fortan widmete ich meine Manuskripte *mir selbst.* Oder bekannten Autoren und mir selbst.

Wenn ich im Radio die samstägliche Stimme eines Experten hörte, der über Bücher sprach, dann klang die Stimme wie die eines bedrängten Dienstmädchens, das um Hilfe ruft: Hilfe! Spinne! Man konnte ihn kaum beruhigen. Wenn ihm dagegen ein Buch gefiel, was nur selten, meist vor Weihnachten vorkam, dann seufzte er wie ein verliebtes Mädchen, das einen Grafen sieht: Was für ein Mann! Es gab nur viel mehr Spinnen als Grafen. Überall Spinnen und Spinner, fast nirgendwo Grafen. Die wenigen Grafen waren Ausländer. Graf Dracula. Die nächsten Briefe unterschrieb ich mit Graf Dracula.

Meine einzige Leserin, Anne Hathaway, sprach einmal, bevor sie nach England zog, von Abtreibung. Ich erschrak. Sie sprach gerne in derartigen Vergleichen, wurde nicht müde, Bücher mit Menschen, und Menschen mit Büchern zu vergleichen. Sie nahm meine Manuskripte zu sich und stellte sie zu ihren Lieblingsbüchern. »Jedes Buch hat sein Recht«, sagte sie. »Es gibt Menschen- und Bürgerrechte. Warum dann keine Bücherrechte!?« Später nahm sie alle Bücher mit nach England. Manchmal hatte ich den Verdacht, sie zahlte die nebulösen Kredite aus eigener Tasche. Selbst als sie in England war, erhielt ich Schecks, nun vom englischen Arbeitsamt: *Job Centre Coventry*, mein Name, meine Anschrift und mein Beruf: *Writer*.

In dieser Zeit fing es an, daß ich auf das Klappern der Briefkastenschlitze hörte ... Die Bergverlage schickten mich immer weiter nach unten, die Talverlage (ab P) wieder nach oben – wie eine Seilbahn. Ich solle es, so der Rat von T, bei einem Verlag versuchen, der Tierbücher macht. Von den Tierbuchverlagen keine Antwort. Es vergingen Jahre ... Ich fragte einen Pfarrer nach dem Schutzheiligen für Schriftsteller, wovon er nichts wußte oder wissen wollte. Er wollte meine Manuskripte auch nicht weihen. Später hörte ich von einer Betenden, daß Merkur der Planet sei, der fürs Lernen, den Verstand und das Schreiben von Liebesbriefen (vielleicht auch von Liebesgeschichten) zuständig sei. Ich ließ mir von ihr Merkur zeigen ... Im Radio hörte ich das Interview mit einer piepsenden Stimme, die dem Rat des Maikäferplagenverlages gefolgt war. Ich hatte nie ein Manuskript im Monat Mai an diesen Verlag geschickt ... Sie reagierten nicht auf Dracula. Sie reagierten nicht auf Sherlock Holmes. »Wo sind sie? Wo sind sie, die jungen Schriftsteller?« rief die Dienstmädchenstimme aus dem Radio, teils aufrichtig ahnungslos, teils verächtlich, und ich riß das Fenster auf und rief: »Hier bin ich! Hier bin ich …«

Für einige Zeit schickte ich keine Manuskripte mehr, sondern nur noch Briefe, in denen ich anbot, etwas von mir zuzuschicken, natürlich nur dann, und wirklich nur dann, wenn dies erwünscht sei. Niemals erhielt ich schnellere Antworten: Bitte nicht! Fast flehend: Bitte nicht … Ich legte meinen Manuskripten Geld bei. Sie schickten es wieder zurück. Paßt nicht ins Programm … Ich parfümierte meine Liebesgeschichten mit Pheromon, einem Duftstoff eines Erotik-Versandhauses. Selbst prüde Wesen könnten den Lockstoffen kaum widerstehen. Keine Antwort … Ich legte meinen Manuskripten Fotos bei, Fotos von mir, Fotos von meiner Kusine, im Bikini, ohne Bikini … Sie kamen postwendend wieder zurück. Auch sie paßte nicht ins Verlagsprogramm; oder ich hörte nie wieder von ihnen …

III.

Es klingelte. Ich reagierte nicht, lag in meiner Wohnung im Bett und lächelte vor mich hin. Ich hatte nicht vor, aufzustehen und an die Tür zu gehen. Nach und nach wälzte ich mich aus dem Bett, spürte beim Aufstehen meine schweren Beine, kleidete mich mit einem Bademantel – es klingelte ein zweites Mal – und ging humpelnd zur Wohnungstür und öffnete …

»Grüß Gott, ein Einschreiben.«

»Ein was?«

»Ein Einschreiben.«

Die Frau trug Andeutungen einer Uniform, blaue Hose und blauer Anorak. Sie stand zweifellos vor meiner Tür. Ich erwähnte meinen Namen. Sie wiederholte meinen Namen und meinte, ich sei genau der, für den sie ein Einschreiben habe. Sie reichte mir einen Block:

»Bitte ein Autogramm!«

»Ein Autogramm?«

Sie meinte meine Unterschrift.

Ich konnte meinen Namen kaum schreiben.

Ich fragte sie nach ihrem Kollegen.

»Welcher Kollege?«

»Ihr Vorgänger, der alte Briefträger …«

Sie wußte nichts von einem Vorgänger oder einem anderen oder alten Briefträger. Sie war noch recht jung.

Seit Jahren, erklärte sie mir, sei sie die Zustellerin dieses Bezirks. Sie klang ein wenig verärgert.

Ich erwähnte das Postauto …

Es gab kein Postauto. Sie war immer zu Fuß unterwegs gewesen.

Sie überreichte mir das Einschreiben.

Nach dem Namen des Absenders wagte ich nicht einmal zu schielen.

»Apropos«, sagte sie, und drehte sich noch einmal um: »Leeren Sie doch bitte Ihren Briefkasten.«

»Warum?«

»Weil er überquillt.«

Beinahe hätte ich ihr gesagt, der Briefkasten sei vermietet. Ich ging in die Wohnung, suchte den Briefkastenschlüssel, spürte meine Wasserbeine, glaubte das Wasser sogar hören zu können, als ich endlich Schritt für Schritt (erhobenen Schlüssels) das Treppenhaus heruntterstieg. An meinem Briefkasten klebte noch der Zettel: *Ich wünsche keine Post mehr!* Ich konnte den Kasten kaum öffnen. Er war in der Tat überfüllt, vollgestopft mit Briefen. Kuverts aller Größen flogen mir entgegen. Sie flogen wie Tauben aus dem Hut eines Zauberers. Manche Kuverts waren strahlend weiß, andere zerknittert, wenn nicht zerfetzt – doch Briefe. Einige waren vom Regen aufgeweicht, doch Briefe, an mich gerichtete Briefe, die ich mit beiden Händen nach oben trug.

Ich zählte 21 Kuverts. 21 Briefe und ein Einschreiben. Ich legte sie sorgsam auf einen Tisch. Welch ein Bild. Ich dachte daran diesen Anblick zu fotografieren.

Es handelte sich um Bescheinigungen, Rundschreiben, Rechnungen, Mahnungen, Schecks, die Einladung zum nächsten Klassentreffen ... Eine Brieforgie! Und da war noch das Einschreiben, das ich zuletzt öffnen wollte. Das Einschreiben: ein cremefarbenes Kuvert, sehr edel und kostspielig. Es fühlte sich weniger an wie Papier, sondern wie Haut, die ich unversehens anfing zu streicheln. Ich konnte die Buchstaben geradezu fühlen, besonders den Buchstaben K. Sie waren nicht einfach nur gedruckt, sondern geprägt. Der Buchstabe K ragte über allem. Ich wußte sofort Bescheid: K, nicht irgendein Buchstabe, sondern K, der Anfangsbuchstabe der großen und strengen Verlage. Und der Brief war nicht von irgendeinem K-Verlag, sondern von K schlechthin, K, kein Wort oder Name, sondern ein reiner Buchstabe. Vielmehr zwei Buchstaben, nicht ein K, sondern zwei K's hintereinander: K.i.K. Nicht K&K, sondern K.i.K. Die schlagartige Verdichtung sämtlicher Buchstaben und Verlage. K.i.K. Drei Buchstaben, zählt man das kleingedruckte i. mit. Viele Menschen zählen es mit. In feinen Lettern auf beiges Papier geprägt. Wenn man es laut ausspricht: K im K – gleich einer heiligen Essenz im tiefsten Inneren. Im tiefsten Inneren von etwas, das bereits über alle Maßen sakrosankt ist. Eine gesteigerte Essenz innerhalb einer Essenz. K.i.K. Ich hielt das Kuvert in meiner Hand und rechnete mit dem Schlimmsten. Dunkel erinnerte ich mich daran, auch diesem Verlag Fotos geschickt zu haben. Ausgerechnet K.i.K. Voller Abscheu sah ich das Bild meiner Kusine im Bikini an einem Strand. Welch lächerliche

Pose und Idee! Ein törichter Irrsinn, diese und andere Fotos (auch Fotos von mir) verschickt zu haben, ausgerechnet an K.i.K.

Ich wog das Kuvert: 62 Gramm. Zu leicht (und auch zu klein) für ein Manuskript, das sie mir zusammen mit den Fotos zurückschicken könnten, andererseits zu groß und aufwendig für eine knappe Absage oder berechtigte Vorhaltungen. Am Nachmittag öffnete ich das Kuvert (ohne eine Explosion durch eine Briefbombe oder den Lärm wüster Beschimpfungen). Der Brief wirkte ruhig und sachlich. Von freundlicher Nüchternheit auch das Logo auf dem Briefkopf: das erste K des Logos ein wenig kleiner als das zweite K. Daneben ein drachenartiges Wappentier, ein Löwe mit Flügeln und Schnabel. Halb Löwe, halb Adler. Unter dem Logo die Adresse. Nicht nur die Nummer eines Postfachs, sondern die richtige Adresse, mit Straße und Hausnummer. Mehr als nur eine einzige Hausnummer, sondern ganze Serien von Nummern: 29–35, 78–84 ... Als ob ich die genaue Lage des Verlages durchaus wissen dürfte. Vielleicht sogar wissen sollte! Bereits in dieser Hinsicht unterschied sich der Brief von allem Früheren. *Lieber*, nicht *Sehr geehrter*, sondern *Lieber* ... Überraschend einfache und geradlinige Sätze: Sie bedankten sich. Wofür? Sie entschuldigten sich. Wofür? Sie machten einen Absatz: »Ich würde mich freuen, Sie persönlich kennenzulernen.« Der Brief war zweifellos an mich gerichtet. Ich überprüfte dies mehrere Male. Ich las den Brief immer wieder. Die Sätze waren kurz, direkt und eindeutig: »Wann kann ich Sie sehen? Was ist mit Ihrer Telefonnummer? Wo sind Sie überhaupt? Bitte nehmen Sie Kontakt auf! Schöne Ostern.«

Ich eilte das Treppenhaus hinab, die Straße entlang, zur nächsten Telefonzelle. Für Briefe war keine Zeit, Ostern war schon lange vorbei. Ich wählte die Nummer des Briefkopfes. Ich wählte die Nummer mehrere Male, vielleicht eine Geheimnummer, die nur wenige kennen (die Autoren dieses Verlags?). Ich wählte und wählte, teils weil ich mich verwählte, teils wegen des ewigen Besetztzeichens. Ich hörte die Ansage: *Bitte gedulden Sie sich einen Augenblick.* Ich geduldete mich eine halbe Stunde, mußte immer wieder Geld nachwerfen, später neues Geld holen, wurde dabei von Kindern entdeckt, die mir lachend nachhumpelten. Sie klopften gegen die Scheibe der Telefonzelle. Ich verscheuchte sie mit dem Brief in der Hand. Sie hatten ja keine Ahnung. *Bitte gedulden Sie sich einen Augenblick … Bitte gedulden Sie sich einen Augenblick …* Endlich meldete sich eine Frauenstimme, die mich an eine andere Stimme verwies, die mich nicht verstand oder verstehen wollte. Ich schilderte ihr den Brief in meiner Hand. Ich las ihr den Brief sogar vor …

»Welches K?«, fragte sie.

»K im K«, antwortete ich.

Sie wurde aufmerksamer.

Ich hörte es sofort, welch eminenter Unterschied es war, ob einfach nur K oder K im K.

K ist nur das Dach, K.i.K. das Innere.

K der äußere Rahmen, K.i.K. die eigentliche Essenz.

K sind Sachbücher, K.i.K. ist Literatur.

K steht ohne Punkt, K.i.K. aber mit deutlichen Punkten.

K ist ein Buchstabe, K.i.K. ein Begriff.

So oder so ähnlich …

Ich sollte meinen Namen buchstabieren.

Für eine Weile hörte ich Musik.

»Sind Sie noch da?«

Ja, ich war noch da.

Dann wieder Musik, Mozarts Türkischer Marsch.

Plötzlich eine aufschreiende Männerstimme, aufschreiend im guten, fröhlichen, wenn nicht begeisterten Sinne: »Endlich!« Ich hörte ihn tief durchatmen. »Endlich!« Hörte hektische Erleichterung, die mir ins Ohr blies. »Grüße Sie. Dolm mein Name. Wie geht es Ihnen? Wo sind Sie denn? Wo waren Sie die ganze Zeit?« Ich war im … »Sind Sie noch dran?« Natürlich war ich noch dran! »Wir sollten uns sehen. Sehr bald!« Wo ich jetzt sei? Wann ich kommen könne? »Wenn möglich noch diese Woche.« So schnell wie möglich. Für ein oder zwei Tage. »Übernachtung übernimmt der Verlag.« Wie auch die Zugreise. Ob ich vielleicht schon morgen kommen könne? Oder gar heute? Ich versprach ihm den nächsten Tag. Er dankte mir.

* * *

Der K.i.K. Verlag (K wie Können, wie Komet, Koloß, Kalifat, Katharsis, Kabbala, Karma, Karisma …), der K.i.K. Verlag liegt inmitten einer breit angelegten Straße, die Gutenbergstraße, eher eine Allee als nur eine Straße, die sich, nicht nur wegen meiner Beine, erschöpfend lange hinzog. Jede einzelne Hausnummer ist eine Wanderung für sich. Bereits die Nummer 1 erwies sich als kilometerlange Ewigkeit, ausgerechnet ein Zoo … Daneben der Botanische Garten, an dem ich lange Zeit vorbeilief, d.h. vorbeiging. Dem folgten ausgedehnte Prachtbauten der Jahrhundertwende: die Höhere Handelsschule, Gerichtsgebäude, Versicherungsgesellschaften, eine Klinik, einige Konsulate … Ich lief in meinem besten (oder besser: einzigen) Anzug. Ich trug eine Aktentasche (eher ein alter Schulranzen), worin sämtliche meiner Manuskripte gebündelt lagen. Dazu ein Schlafanzug und eine Zahnbürste. Ich sah bereits das Hochhaus, auf dessen Dach (wie ein Stern) sich der Buchstabe K drehte. Er leuchtet blau, selbst bei Tag. Ich sah ein Taxi, nach dem ich winkte. Ich hätte von Anfang an mit dem Taxi vom Bahnhof kommen sollen. Nun war ich bereits müde und unnötig verschwitzt. Ich stieg in das Taxi: »K im K.« Der Fahrer wußte sofort Bescheid. Er fuhr los und setzte mich nach einem Kilometer ab: »Der Verlag«, rief er mit ausladenden Bewegungen. »Hier fängt er an.« Ich stieg aus und stand vor der Hausnummer 29: der Anfang, der fensterlose Anfang von K.i.K. Ich sah nirgendwo einen Eingang. Statt dessen ein langgezogener Bau aus Beton, mehr eine Fabrikhalle als ein Bürohaus. Ich hörte das Schlagen und Fallen harter Gegenstände, dann das Surren von Gabelstaplern. Aus einigen Rohren zischte Dampf. In regelmäßigen Abständen sind in die Betonwand schwarze Marmorquadranten eingelassen, mal mit dem Buchstaben K, dann K.i.K. (erstes K kleiner als das zweite K), darunter das Löwendrachentier … Am Ende der Betonwand erhebt sich ein erstes Hochhaus (lückenlos danebengebaut), durch das eine Einfahrt hindurchführt, an der eine Ampel auf rot steht, welche von einem Pförtnerhaus bedient wird, an dem das Schild *Sprechen* steht, was ich tat, laut und deutlich, trotz der unwilligen Bewegungen des Pförtners, der mich nicht verstand. In diesem Moment rollte das Eingangstor in die Wand, und aus dem Inneren des Verlags fuhr ein Lastwagen, der mich zur Seite hupte. Auf dem Hinterteil des Lastwagens die großbuchstabierten Worte: *See you. Easy English bei K.* Rundherum fliegende K's. Der Pförtner zeigte, als hätten sich damit alle weiteren Fragen erledigt, auf das Schild über der Einfahrt, auf dem das Wort *Versand* steht. Es kam schon der nächste Lastwagen. *See you. Easy English bei K.* Ich ging weiter: das nächste Hochhaus lückenlos an das erste Hochhaus anknüpfend, ohne einen ersichtlichen Eingang. Ich lief vor und wieder zurück, fand nicht einmal die Andeutung eines Eingangs, nur die vergitterte Einfahrt zu einer Tiefgarage. Die Häuserfront, der ganze Verlag schien lückenlos aneinandergebaut, lückenlos unnahbar gleich einer Botschaft, abgesichert wie eine ausländische Mission. Auf unauffällig-diplomatische Weise nach allen Seiten abgeschottet, diplomatisch immun, ohne Aufsehen zu erregen. Ein still vor sich hinsummendes Gebilde: K.i.K. Das Summen verheißt fieberhafte Aktivität im Inneren. Ich hätte mich über gewaltige Antennen auf dem Dach und Videokameras nicht gewundert. Es gab auch keine einzelnen Fenster, an die ich hätte klopfen können – nur hochgelegene Glasfronten, in denen sich die gegenüberliegenden Gebäude spiegelten. Später entdeckte ich einen gläsernen Aufzug (in der Form eines Vogelkäfigs), der jedoch nur zwischen den oberen Stockwerken verkehrte. In dem Aufzug stand eine Frau in einem engen Rock, eine Mappe an ihre Brust gepreßt, die ins Freie starrend nach unten fuhr, mich jedoch nicht beachtete. Ich schwitzte, war viel zu dick angezogen. Die einzig ersichtliche Lücke im K.i.K. erschien mir die Lücke zwischen den Hausnummern 29–35 und 78–84. Womöglich lag K.i.K. gar nicht im, sondern außerhalb des K's, an einem ganz anderen Ort, an den Hausnummern 78–84, zu denen ich nun (ganz und gar naßgeschwitzt) lief. Langsam trennte ich mich von der Vorstellung, K.i.K. liege wie ein Bunker im Innersten eines äußeren Gebildes. Ich stellte mich, je länger ich lief, auf eine neue Lage ein: K.i.K. am Ende der Straße, ein heller Ort unter freiem Himmel, im Grünen. Warum nicht? Die Straße brach jedoch bei der Nummer 61 ab. Ich hustete. Den Schleim spuckte ich in einen Busch. Dann kehrte ich um, folgte den geraden Hausnummern in umgekehrter Richtung wieder zurück – hustete – mein Atem rasselte – eine aufziehende Erkältung – ausgerechnet jetzt – setzte mich auf eine Bank – ruhte mich aus – stand wieder auf – lief weiter – nun auf der gegenüberliegenden Straßenseite gehend ... Ich entdeckte die Nummer 84 an einem Gebäude der Gründerzeit, ein blauweiß beflaggtes Hotel. Die Nummer 82 ebenfalls ein Hotel ... Hinter Hecken hörte ich Geräusche von Mittagessen.

Ich ging dennoch hinein, fragte an der Rezeption nach dem Weg ...

»K oder K im K?«, fragte der Mann an der Rezeption.

»K im K.«

Ich zeigte ihm die Adresse auf dem Briefkopf des Briefes ...

Er nahm mir den Brief sofort aus der Hand, lächelte, telefonierte, nickte mir zu, wies mich in einen Sessel, telefonierte weiter, nickte dienstbeflissen, wenn nicht vehement: »Aber natürlich ... Wird gemacht ...« Von allen Seiten kam man nun auf mich zu, an erster Stelle ein grauhaariger Ober, der mir aus dem Sessel half. Er führte mich zum Aufzug, ließ mich kaum aussprechen, fragte nach meinem Gepäck, wollte mir den Schulranzen abnehmen, was ich verweigerte, nicht nur wegen der Manuskripte, sondern auch wegen der Peinlichkeit dieses Ranzens inmitten eines solchen Hotels ... Ich versuchte das Mißverständnis aufzuklären ..., und wurde mit der größten Selbstverständlichkeit weitergeführt ... Ich erklärte ihm, daß ich erstens kein Zimmer gebucht und zweitens einen Termin im Verlag hatte. »Sie sind im Verlag.« So seine Antwort. »Sie sind im Verlag!« Er deutete auf einige Gemälde an der Wand – hochformatige Portraits – offenbar Verlagsportraits – Autoren, Lektoren oder Verleger – wer weiß. Er lenkte mich in einen Aufzug. Wir fuhren in den obersten Stock. Dort führte er mich einen langen Korridor entlang, bis zu einer Tür, die er mit einer Scheckkarte öffnete: »Ihr Zimmer.« Ich folgte ihm hinein. Niemals sah ich ein größeres Bett. Auf dem Nachttisch lag die Fernbedienung eines Fernsehapparats. Der Fernseher befand sich – der Ober zeigte es mir – hinter den Türen eines antiken Schranks – 19. Jahrhundert – nebst Videorecorder. An der Wand ein Dichterportrait – 18. Jahrhundert. In einer Ecke stand ein steiflehniges Sofa mit zwei Sesseln. Am Fenster ein Schreibtisch … Der Ober zeigte mir Fernseher, Videorecorder, Fernbedienungen, Telefon, Zimmerbar, ein riesiges Bad, Tuben mit hauseigenen Duschgels, eine Duschhaube … Sollte mich doch baden oder duschen … Er sah wohl meine verschwitzten Kleider und zeigte mir Handtücher, Badesalz und Erfrischungstücher. Ich möge mich völlig frei und zu Hause fühlen. Er bat nur darum, nach dem Duschen die Duschkabine mit einem Lederlappen abzutrocknen: »Bitte von Herrn Calmund.« Von wem? »Von Herrn Calmund persönlich!« Er öffnete die elektrischen Jalousien, erklärte mir die Bedienung des Fernsehapparats. Er wies auf die Bettwäsche, die Kissenbezüge und die zahlreichen Handtücher: alle mit den Buchstaben K und K.i.K. bestickt. Er wehrte sich gegen das Wort Hotel. »Dies ist kein Hotel!« Auch kein Verlagshotel. »Sie sind Gast des Verlags.« Gast im Gästehaus des Verlags. Er schüttelte meine Hand, so als würde er mir gratulieren. Er zählte zahlreiche Gäste auf, die hier gewohnt hatten oder immer noch wohnen würden ... Er deutete auf das Briefpapier in der Mitte des Schreibtisches. Für kürzere Mitteilungen oder Grüße lagen auch verlagseigene Postkarten bereit. Sie zeigten ein Foto des Gästehauses – dahinter die Türme des Verlags. Der Ober bat um Geduld. Vielleicht lasse es sich einrichten, daß Dolm noch an diesem Mittag mit mir spreche. Vielleicht. Dolm sei ein vielbeschäftigter Mann. »Der Beste!« Er deutete aus dem Fenster auf die andere Straßenseite. Zwischenzeitlich könne ich mich frisch machen, mich ausruhen, es mir gut gehen lassen – auf dem Balkon Luft schnappen. Sollte ich Wünsche haben, dann möge ich die Nummer 12 wählen. Er zeigte auf das Telefon. Ich möge alles weitere in Gemütlichkeit erwarten ...

* * *

In Gemütlichkeit alles weitere erwarten ... Ich hatte mir Wartezimmer vorgestellt, hatte diese Vorstellung während der Zugfahrt in den verschiedensten Varianten in mein Notizbuch geschrieben: *Ich wartete in einem Wartezimmer*. Oder: *Es gab zwei Wartezimmer, eines für die renommierten Autoren, eines für die Jungautoren. Ich wartete im ...* Oder: *An den üblichen Wartezimmern der Autoren vorbei, wurde ich sogleich in das Büro von Dolm geführt …* Statt dessen wartete ich im Bett. Ich trug einen Pyjama des Verlags. Mein Husten wurde immer ärger – meine ewige Bronchitis. Ich war ohne Kleider. Man hatte sie abgeholt und in die Wäsche gegeben.

Das Telefon klingelte: Ob ich einen Videofilm zu sehen wünschte?

»Nein.«

Einen Videofilm über die Geschichte des Verlages.

Ich verneinte.

Oder einen Drink wollte?

»Danke, nein.«

Kaffee und Kuchen?

Oder in die Sauna?

Das Telefon fing an, mir auf die Nerven zu gehen. Ich ging auf den Balkon und betrachtete die gegenüberliegenden Verlagsgebäude: die mittleren Stockwerke aus den sechziger Jahren (an manchen Fenstern Betontröge mit verschrumpelten Pflanzen), die oberen Stockwerke eine schwarze Glasfront der achtziger Jahre …

Und wieder das Telefon: Ob es mir nicht gut gehe?

Offenbar hatten sie meinen Husten gehört.

Ich sollte im Bett bleiben.

Ein Kellner brachte mir Hustentropfen und eine Aspirintablette.

Ich hatte kein Fieber.

Das Telefon weckte mich: »Herr Dolm will Sie sehen. Warten Sie auf Ihrem Zimmer.«

Ich stand auf. Ging ins Bad und kleidete mich

mit einem verlagseigenen Morgenmantel. Ich wartete stehend.

Es klopfte. Er trat ein. Er kam mit einer Kamera und einem Koffer. Ich stand perplex. Er grüßte im Vorbeigehen – so als würde er mich bereits kennen. So als hätte er mich bereits unzählige Male gesehen. Er grüßte mit lauter Stimme: »Grüße von Dolm.« Dolm selbst sei verhindert. »Er ist sehr beschäftigt.« Er stellte sich vor: »Presse- und Werbeabteilung.« Er mache die Fotos. »Dolm will Fotos.« Fotos, so der Fotograf, für den Umschlag, für den Katalog, für die Presse … Er reichte mir den Koffer, in dem Kleider bereit lagen, die ich mir im Bad anziehen sollte – Kleider wie aus einem Theaterfundus, eine uniformartige Jacke, schwarz, mit silbernen Knöpfen, ein schwarzer Rollkragenpullover, eine schwarze Hose. Ich wirkte darin wie aus anderer Zeit, teils altmodisch, teils futuristisch, andeutungsweise maritim, wenn nicht kadettenhaft, Zögling einer Kadettenschule. Der Eindruck war jedoch weniger militärisch als vielmehr grüblerisch vergeistigt. Als hätte man mich soeben von der Schule verwiesen: ein wenig gehetzt und gequält, weit gereist. Ein Gentlemanreisender des 19. Jahrhunderts. Mit gleichem Recht ein Weltraumreisender in einem Science-fiction-Film. Jedenfalls ein Reisender, immer unterwegs, von Exil zu Exil …

Ich betrachtete mich im Spiegel. Das Bild stimmte mich euphorisch. Dolm wollte Fotos. Warum wollte er Fotos? Nicht irgendwelche Fotos, sondern Autorenfotos. Weil er sich entschieden hatte. Bereits jetzt. Weil er meine Manuskripte gelesen hatte. Weil er sie zu Büchern machen wollte. Die Entscheidung war längst gefallen. Es folgten jetzt nur noch Formalitäten. Fotos. Ich flüsterte die Buchstaben K.i.K. Ich flüsterte sie wie zum Gruß – an mich selbst.

Im Zimmer wurden zwischenzeitlich Scheinwerfer aufgestellt; Kulissen hin- und hergeschoben. Mein erster Fototermin. Der Fotograf setze mich auf einen Stuhl. Mein Gesicht wurde gepudert, meine Jacke zurechtgezupft. Er ließ die Jalousien herab, prüfte das Licht. Er bestätigte mich: Er mache Fotos, spezielle Fotos, Fotos nach einer Idee von Dolm. Dolm wolle sich ein Bild machen. Ich saß inmitten schummriger Scheinwerfer. Dolm denke in Bildern. Er habe ein Faible für Fotos. Insbesondere für die alles entscheidenden Fotos …

Noch während er sprach, fing er an zu fotografieren. Wenig Licht, viel Schatten, so die Idee des Fotografen. Sein Assistent hielt eine Art Regenschirm (einen Reflektor) über mich. Ich lächelte. »Bitte *nicht* lächeln! Alles, nur nicht lächeln!« Es dauerte, der schummrigen Scheinwerfer wegen, einige Sekunden bis ein Bild ausgelöst war. »Nicht lächeln! Sie haben ein Gesicht, also zerstören Sie es nicht.« Ich hielt den Atem an. Auch er hielt den Atem an. Atemlos saßen wir uns im Schein der Fotolampe gegenüber … Klick. »Nicht lächeln!« Klick. So versuchten wir uns an dem alles entscheidenden Schnappschuß. Ein Bild, so der Fotograf, ruhig hinter der Kamera sprechend, das mich und mein Wesen – so schön wie möglich – auf den Punkt bringt.

Alles an mir – und in mir – und auch außer mir – solle mit diesem einen, alles entscheidenden Foto gesagt, erkannt, resümiert, wenn nicht vorweggenommen werden: mein ganzes Leben, mein Wesen, meine Existenz, meine Zeit – vielleicht eine ganze Epoche. In einem einzigen Augenblick ... In einem einzigen Aufschlag meiner Augen ... Klick. Ich sollte weniger in die Kamera als durch die Kamera hindurchschauen. So als wäre ich gar nicht hier. »Bleiben Sie ruhig.« Ich fing an zu husten. »Ruhig.« Mein Gehuste nahm kein Ende. Die nächsten Fotos verwackelten in immer weiteren Hustenanfällen. »Eine verschleppte Bronchitis«, erklärte ich dem Fotografen. Er brachte die Kamera in eine neue Position und gönnte uns eine Pause. Das letzte, was er wollte, war ein geneigter oder aufgestützter Kopf. Er wollte alles, nur nicht das übliche Autorenfoto: der harmlos lächelnde Autor, der mit aufgestützt geneigtem Gesicht in die Kamera blickt, den Kopf wie eine schwülstige Mutter ihr altkluges Kind in der Hand wiegend, lächelnd versonnen schauend, als wollte er uns sagen: Ich bin Schriftsteller. »So nicht! Bitte so nicht!« Er wollte einen einsamen Blick, ganz und gar geistesabwesend, als wäre ich gar nicht da. »Sie sind gar nicht hier!« Klick. »Starren Sie!« Klick. »Starren!« Er wollte mich nun frontal. Ich sollte gegen die Wand starren. Jedes Foto dauerte eine Ewigkeit. Klick. So die Idee. Dolms Idee. Klick. »Bleiben Sie ruhig. Sie sind starr und steif und schwer ...« Klick. »Müde, eindringlich und schwer ...« Klick. Mein Gesicht maskenhaft. Fast wie eine Totenmaske. So stellte ich es mir vor. »Gut!« Klick. »Augen offen halten!« Klick. »Gut!« Mit jedem weiteren Foto wirkte seine Stimme wärmer und ruhiger. »That's it!« Klick. »Vaši-čekesk.« Wie bitte? Klick. Er sprach nun Englisch. »Don't move!« Fast singend, als würde er aus einem Lied zitieren: »Don't move. You never move, you never change, you never grow older, you remain for ever, icy and silent.« Klick. »That's it.« Er packte seine Ausrüstung zusammen. Er wirkte sehr zufrieden. Die Scheinwerfer und Kulissen wurden wieder hinausgeschoben. Er entschuldigte sich für den Überfall. Er verabschiedete sich. Ich legte mich ins Bett.

* * *

Zum Abendessen, das über einen elektrischen Gong im ganzen Haus angekündigt wurde, führte mich ein Kellner in den Haberlandsaal, den Speisesaal des Hauses, an dessen Eingang ein Rednerpult stand, auf dem eine bombastische Speisekarte aufgeschlagen lag: *Menüs des Abends*. Daneben ein Schild: *Bitte Saalmöbel nicht über den Parkettboden ziehen*. Der Kellner geleitete mich durch die Tür. Ich sah einen vergitterten Kamin, darüber eine Fahne, umgeben von Ölgemälden mit den Gesichtern der Calmund-Familie: der alte Calmund, der jüngere Calmund, der jetzige Calmund … Darunter einige Vitrinen, in denen wertvolle Dokumente und Briefe ausgelegt sind. Auch der Brief eines

Jahrhundertautors an Calmund persönlich. Eine Erklärung aus Amerika, nur noch für K.i.K. schreiben zu wollen. Für niemanden sonst. Auf einer großen Holztafel über der Vitrine steht in großen Buchstaben *Attempto*. Es roch nach schwerem, altem und gebohnertem Holz. Meine Schritte knarrten durch den Saal. Ich lief, so weit es ging, auf dem Rand eines Teppichs, um meine Schritte zu dämpfen, folgte dem Kellner, dessen Schritte viel geübter waren als die meinen, auf dem heiligen Boden Haberlands. Ich sollte mich an einen bestimmten Tisch setzen. An den anderen Tischen wurde bereits gegessen. Jeder Tisch ein Einzeltisch. Es waren nur wenige Leute. Jeder saß für sich, hinter weiträumig aufgestellten Speisekarten kauend. Über die Ränder dieser Speisekarten schielten sie in meine Richtung. Nach und nach schielten sie in andere Richtungen. Oder ihre Blicke versanken wieder hinter den Speisekarten. Ich studierte meine eigene Speisekarte. *Kleines Verlagsmenü*, *Mittleres Verlagsmenü*, *Großes Verlagsmenü* ... An den Tischen saßen offensichtlich Schriftsteller. Ich sah eine Hornbrille, die aussah, ich merkte es erst jetzt, wie die Hornbrille Bo Hamburgers. Er kratzte sich an seinem Kopf. Ich versuchte einen Gruß, doch die Speisekarte war zu hoch. Als ich die Karte zusammenfalten wollte, kam ein Kellner und stellte sie wieder auf.

Es ließ sich nicht vermeiden, daß ich hustete. Ich versuchte ihn mit meiner Serviette zu dämpfen. Spürte den Unmut darüber an den anderen Tischen und betrachtete das *Attempto*-Schild über der Vitrine. Der

Ober, im Vorbeigehen: »Attempto. Ich wage es. Ich will es. Ich tue es. Motto des alten Calmund.« Am Nebentisch kaute ein langgezogenes Gesicht, das mich kurz beäugte, und dann wieder auf die Speisekarte starrte. Fast alle Gäste starrten auf ihre Speisekarten, selbst wenn sie ihr Essen schon hatten, selbst wenn ihr Essen bereits abgetragen war. Hinter einer Speisekarte rührte minutenlang ein Löffel in einer Kaffeetasse. Von einem anderen Tisch hörte ich seufzende Laute (ach ja oder oje). Daneben bemerkte ich einen über den Rand einer Speisekarte hinweggehenden Gesichtsausdruck. Notiz: *Ausdruck eines Beleidigten*. Er wirkte beleidigt: Saß und aß seufzend hinter seiner Speisekarte, als hätte man ihn soeben (oder lange Zeit) furchtbar beleidigt. Für Entschuldigungen schien es zu spät. Die Kellner gaben ihr Bestes, aber ihre Freundlichkeit kam zu spät. Über einer anderen Speisekarte zeigte sich eine Hand, die ein Buch hielt. Es konnte sich kaum aufrecht halten, hing wie eine welke Pflanze über die Speisekarte hinweg, drohte jederzeit aus der Hand zu gleiten. Hinter dieser Speisekarte wurde noch gegessen, ohne möglicherweise zu wissen, daß da noch ein Buch hing, nur noch von wenigen Fingern gehalten, das jeden Moment fallen konnte …

Der Ober, im Vorbeigehen, mir zugeflüstert: »Grüße von Herrn Calmund.«

»Ja?«

»Von Calmund persönlich.«

Einige Köpfe drehten sich zu mir.

Hinter einer bestimmten Speisekarte sah ich Anzeichen einer jungen Frau. Ihre weißen Arme lagen um die Speisekarte herum. Der Ober, der die Suppe abtrug, schaute mich an, als möge ich besser in eine andere Richtung schauen. Als ich bestellte, hörte ich meine Stimme im ganzen Raum. Die Antworten des Obers kamen flüsternd.

Notiz für einen Roman: *Ich bestellte ein Schriftsteller-gericht. Die Speisen trugen allesamt Schriftstellernamen: Omlette à la soundso … oder soundso … Namen eminenter Schriftsteller, teils tot, teils noch am Leben, möglicherweise sogar in diesem Raum, hinter einer der Speisekarten sitzend, vielleicht sogar ein Gericht essend, das ihm selbst gewidmet ist, das seinen Namen trägt, das er nun kaut, sich selbst kostend und verspeisend. Ich bestellte den Tomatensalat à la … Name eines Autors. Von den Speisekarten kamen zahlreiche Blicke: (1) Verächtliche Blicke, da es sich um einen ungeliebten Autor handelt. (2) Verächtliche Blicke, da ich einen viel zu großen Autor bestellte. (3) Verächtliche Blicke, da ich die Lieblings-speise der anderen Autoren bestellte, deren Lieblingsautor ich ihnen nun wegaß. (4) Verächtliche Blicke, da der bestellte Autor im selben Raum saß und nicht von mir verspeist wer-den wollte. (5) Verächtliche Blicke, da andere Schriftsteller hinter anderen Speisekarten meine Bestellung genau gehört haben und sich fragten: Warum bestellt er nicht mich?* Nur eine Idee, die ich wieder verworfen habe.

In Wahrheit war die Speisekarte sehr einfach und konventionell. Ich bestellte Wildragout. Keine Schneckensonetts, Pommes des Lettres oder vegeta-rische Poems …, wie ich gerne geschrieben hätte (oder gerne schreiben würde). Nichts dergleichen. Ich bestellte so leise es ging. Die anderen Tische hörten mir genau zu. Ich saß gebeugt im Versteck meiner Speisekarte, in Wahrheit ein ganzes System von Karten: Speisekarte, Getränkekarte, Eiskarte, eine Landkarte mit Ankündigungen bevorstehender Tagesausflüge, und auf der rechten Flanke die Weinkarte …

Der Ober, sehr freundlich: Ob es mir etwas ausmachen würde, das Schreiben bei Tisch zu unterlassen.

Ich schloß meinen Notizblock und wartete auf das Essen. Hinter einer bestimmten Speisekarte hörte ich es wieder seufzen. Die Arme der Schriftstellerin waren nun nicht mehr zu sehen, wahrscheinlich hinter der Speisekarte verschränkt. Ich sah den Rauch einer Zigarette. Der Ober brachte mir eine Hustentablette. Plötzlich hörte ich ein lautes Geräusch. Es handelte sich um das Buch, das aus der Hand auf den Tisch gefallen war. Hinter der Speisekarte wurde immer noch gegessen. Keine Anstalten, das Buch wieder aufzuheben. Die anderen Tische schauten auf, dann wieder weg: wieder bedächtiges Kauen, gelegentliche Serviettentupfer auf schmale Münder, das ewige Stieren auf die Speisekarten …

Der Ober erklärte mir beim Servieren des Desserts, daß sich im Haus eine Sauna befinde, die mir (wie allen Gästen) jederzeit offenstehe. Es werde nach dem Abendessen ein Aufguß gemacht. Handtücher und Bademäntel lägen bereit. Ich stellte mir vor, wie ich mit den anderen Gästen nach dem Abendessen in der Sauna sitzen würde. Was für ein Bild: Alle tief seufzend in einer Sauna. Womöglich hinter Speisekarten sitzend, die wir alle nach unten nehmen sollten. Das ewige Seufzen hinter der einen Speisekarte erinnerte in der Tat an das Seufzen in einer Sauna: Oje. Wo soll das hin? Wie soll das weitergehen? So seufzte er. Womöglich schrieb er an einem Roman. Womöglich schrieben sie alle an irgendeinem Roman oder Buch, hier im Gästehaus von K.i.K. Deshalb die Speisekarten, die Blicke, die Stille, das Geseufze.

Ich fragte den Ober nach einem Fußballergebnis.

Wenn Blicke töten könnten ...

Der Ober räusperte sich, machte eine Ansage, kündigte für den nächsten Morgen Tagesausflüge an: in ein Museum, an einen See, auf einen Berg. Lunchpakete lägen auf dem Büffet bereit. Der Wetterbericht sei vielversprechend.

Einige Blicke kamen hinter den Speisekarten hervor.

Dann ertönte der elektrische Gong.

Die ersten Gäste standen auf.

Ich blieb sitzen.

Die junge Schriftstellerin mit den weißen Armen ebenfalls.

Ich wartete darauf, sie in voller Größe zu sehen, doch sie blieb sitzen.

Als ich aufstand, blickte sie nicht einmal auf.

Ein Kellner führte mich zum Aufzug.

Ich ging in mein Zimmer, legte mich ins Bett, schaute Fernsehen. Das Telefon klingelte. Eine Frauenstimme an der Rezeption wünschte mir Gute Nacht und richtete Grüße aus: »Grüße von Herrn Dolm ... Er hat sie gesehen ...«

Mich?

»Die Fotos.«

Pause.

»Er wird Sie morgen sprechen.« Beschwichtigend: »Keine Angst! Dies ist kein schlechtes Zeichen. Im Gegenteil. Schlafen Sie gut.« Ich hatte leichtes Fieber. Auf dem Teppichboden flackerte das Blau des sich drehenden K-Sterns auf dem gegenüberliegenden Hochhaus …

* * *

Beim Frühstück schnellte plötzlich eine Hand über die Speisekarte (Kleines Verlagsfrühstück, Mittleres Verlagsfrühstück, Großes Verlagsfrühstück):

»Grüße Sie! Dolm mein Name.«

Er stand in einem Trainingsanzug.

»Bleiben Sie sitzen. Bleiben Sie doch sitzen.«

Er setzte sich zu mir.

Er setze sich auf meinen Schulranzen …

»Schon beim Frühstück? Früh dran. Find ich gut …«

Der Schulranzen, in dem all meine Manuskripte lagen …

Er stellte die Speisekarten um.

»Frühstück und ran an den Tag …«

Winkte nach hinten.

»Ober, ein Frühstück …«

Nahm eine Aspirintablette.

»Was für ein Tag …«

Nahm eine zweite Tablette.

»Nicht nur Ihr Tag, sondern auch unser Tag …«

Bot mir eine Tablette an.

»Wie geht's? Was macht der Husten? Gut geschlafen? Schön Sie endlich persönlich zu sehen …«

Schüttelte meine Hand.

»Dolm mein Name …«

Ich versuchte, da er sich nun von seinem Stuhl erhob, nach dem Ranzen zu greifen, doch er setzte sich wieder …

»Die Fotos sind ausgezeichnet. Können uns kaum entscheiden …«

Er trank Orangensaft.

»Ein Gesicht wie …«

Nahm sich eine Zigarette.

»Zum Verwechseln ähnlich …«

Schaute mich an, als wäre ich ein Foto.

»Ganz und gar ähnlich …«

Zündete die Zigarette an.

»Mehr als nur ähnlich …«

Räusperte sich …

»Es ist so gut wie klar, ganz eindeutig, die Fotos, der Umschlag, der Aufmacher, der Aufhänger, der Roman, die ganze Idee, Ihr Gesicht, Ihre Person und alles weitere … Sprechen später noch darüber …«

Drückte die Zigarette aus …

»Es wird ein großes Buch …«

»Gewaltig, atemberaubend …«

»Wir sprechen nicht von K, sondern von K im K.«

Der Ober brachte Kaffee …

»Ah Kaffee!»

Mit einem Ruck: »Attemptimus! Machen wir's …«

Stand auf …

Schüttelte meine Hand …

»Gratuliere …«

Öffnete seine Aktentasche …

»Habe den Vertrag hier …«

Zog den Vertrag aus der Tasche …

Reichte mir den Vertrag …

Flüsternd: »Calmund selbst hat den Vertrag unterschrieben …«

Zeigte auf eine weit ausholende Unterschrift …

»Calmunds Schrift.«

Er wippte auf seinem Stuhl …

»Gratuliere!«

Stuhlwippend …

»Freue mich für Sie, ehrlich …«

Mit einem Füller in seiner Hand …

»Sie müssen jetzt nicht unterschreiben.«

»Wir besprechen das noch.«

»Wir überschlafen das noch.«

»Frühstücken wir erst …«

Reichte ein Brötchen …

»Der Reihe nach. Alles der Reihe nach …«

Wir frühstückten …

»Schmeckt's?«

»Aufgeregt?«

»Lampenfieber?«

»Sind Sie erkältet?«

»Wo waren Sie eigentlich?«

»Die ganze Zeit?«

»Wir haben Sie überall gesucht!«

Aß ein Brötchen …

»Nun sind Sie ja hier.«

Saß immer noch auf meinem Ranzen …

Ein aufmunternder Klaps auf meine Schulter …

»Lassen Sie sich Zeit …«

Mein Ranzen unter ihm machte Geräusche …

Bemerkte nun den Ranzen …

»Ihrer? Ach wie süß.«

Reichte mir den Ranzen …

»Ihr Gepäck?«

Meine Manuskripte!

»Welche Manuskripte?«

Meine Stücke … und Romane …

»Sie schreiben!?«

Mir wurde schwindlig …

»Das ist ja phantastisch. Er schreibt …«

Als ob er dies den Kellnern lautstark mitteilen müßte: »Er schreibt!«

Auf mich herumzeigend …

»Herr Ober, er schreibt!«

Ich konnte dem Gespräch kaum mehr folgen …

»Er schreibt. Was für ein Zufall. Er schreibt …«

Meine Wasserbeine und womöglich auch die Tabletten …

Ich hatte Fieber …

»Darf ich mal was von Ihnen lesen?«

Er nahm mir den Ranzen aus der Hand …

»Darf ich?«

Er stand auf …

»Das kommt in die Biographie.«

Er klopfte mir auf die Schulter …

Mir wurde schwarz …

»Attemptimus. Latein. Sprechen Sie Latein? Macht nichts …«

Ich hielt mich am Tischtuch …

Die Speisekarten fielen wie Häuserwände auf mich herab …

* * *

Ich lag in einem frisch bezogenen Bett, in einem neuen Zimmer. Immer weiteres Personal eilte rein und wieder raus. Sie brachten Fruchtsäfte, zupften die mit K's bestickte Bettdecke glatt, hielten mich unten, wenn ich mich aufrichten wollte … Sie beratschlagten sich vor der Tür. Ich hörte, wenn auch nur flüsternd, Vorwürfe gegen Dolm. Er sei viel zu forsch gewesen. Zweifellos ein Fachmann, ein Genie, eine Spürnase, ein Motivationskünstler …, doch halte er sich an keine Reihe oder Reihenfolge. Er könne den Ball nicht flach halten.

Später weckte mich ein Arzt. Er fühlte meinen Puls und maß meinen Blutdruck. »Unser neuer Autor«, sagte jemand aus dem Hintergrund. »Ein Schwächeanfall. Er hat auch Fieber«, erklärte dieselbe Stimme dem Arzt, der knapp und spitz »na, na« antwortete, im Ton eines Lehrers, der in seine Klasse zurückkehrt und die Erklärungen der Schüler nicht gelten läßt. »Na, na …« Mit einem Schwächeanfall und ein wenig Fieber schien es nicht getan. Der Arzt betrachtete das Fieberthermometer, das er aus meinem Mund zog. Überlegung für eine Notiz: *Der Arzt ist nicht irgendein Arzt, sondern ein Vertrauter des Verlags, ein Verlagsarzt, ein oft Gerufener, an die Betten vieler Schriftsteller, ein Schriftstellerarzt, der Leibarzt eminenter Autoren …* Jedenfalls fragte er, während er mich abklopfte und ich husten sollte, nach dem Befinden dieser oder jener Person, alles Schriftsteller mit den unterschiedlichsten Beschwerden: Herzbeschwerden, nervöse Magenschmerzen, Hüftschmerzen und anderen Leiden. Es war die Rede von einer Reizblase. Ich hörte von Bauchkrämpfen und allerlei Verspannungen. Ich hörte Reizhusten, aus meinem Mund, hatte einen weiteren Hustenanfall. Den Auswurf sollte ich in einen Napf spucken. Viele Hände legten sich auf meine Schulter. Sie fühlten sich mir zugehörig, so wie ich mich ihnen immer mehr zugehörig fühlte, dem allgemeinen *Wir* und *Uns* um mich herum: unser Verlag, unser Arzt, unser kranker Autor …

Während der Untersuchung fragte ich, was ich schon die ganze Zeit fragen wollte, die gegenüberliegenden Hochhäuser, Hallen und Schornsteine des Verlags deutlich vor Augen: Was mit unseren Manuskripten eigentlich geschieht, wenn sie mit der Post zum Verlag kommen? Wo und wie sie geöffnet, gelagert und entsorgt werden? Eine Frage, mit der ich mich lange hin und hergewälzt hatte. Meine eigenen Notizen zu dieser Frage: *Ein Lastwagen der Post kommt täglich zu einer Nebeneinfahrt. Er wartet hupend auf die Öffnung der Schranke. Annahme verweigert, ruft der Pförtner über Lautsprecher.* Oder: *Nach langem Hin und Her wird der Lastwagen schließlich durch ein Labyrinth ineinander verschachtelter Höfe und Hinterhöfe rangiert, rückwärts durch ein Tor hindurch, in eine riesige Lagerhalle hinein, in der Behälter, Tonnen, Bottiche, Kübel oder Tröge stehen, in welche die Post hydraulisch hineingekippt wird …*

Der Arzt wußte es nicht.

Jedenfalls antwortete er nicht.

Jetzt, da ich nun einmal hier sei, versuchte ich ihm zu bedeuten, könne man doch offen darüber sprechen …

Er sagte: »Hohes Fieber …, Trommelfelle gerötet …, entzündete Rachenhinterwand …«

Ich fragte ihn noch mal …

»In reduziertem Allgemeinzustand …«

Als würde er mich nicht verstehen …

»Merkwürdig starre Mimik …«

Oder wollte mich nicht verstehen …

»Apathisch, jedoch nicht somnolent …«

Er hörte nicht zu …

»Verwaschene Sprache …«

Wie bitte?

»Mutistisch …«

Er hörte mich ab.

»Klingelnde Rasselgeräusche …«

Rasselgeräusche?

»Verdacht auf Lungenentzündung.«

So der Befund des Arztes.

»Diagnostisch eindeutig.«

Eine Einweisung in eine Klinik sei ratsam.

Bitte keine Klinik!

Auch die Stimmen im Hintergrund versuchten den Befund herunterzuspielen.

Der Arzt blieb bei seinem Befund.

Bitte keine Klinik!

Man beruhigte mich.

Ich hörte den Arzt sagen: »Auf Ihre Verantwortung.« Nicht meine Verantwortung, sondern die Verantwortung des Verlags. Nur deshalb durfte ich bleiben, einstweilen …

Jemand sagte sehr bestimmt: Man sei auf Fälle wie mich vorbereitet und eingerichtet.

»Aber natürlich«, antwortete der Arzt.

Andere Autoren seien hier stationär untergebracht.

»Natürlich.«

Es war die Rede von einer Pflege- oder Krankenstation.

Ich lag bereits auf dieser Station.

Ich hörte auch das Wort Notfallzimmer.

»Ich weiß«, antwortete der Arzt.

Man würde mich Tag und Nacht beobachten.

Der Arzt gab mir eine Spritze und nahm mir Blut ab.

Ich spürte so gut wie nichts davon.

Die meisten Anwesenden gingen nun.

Später spürte ich eine Hand auf meinem Gesicht, nicht die Hand des Arztes, sondern eine andere, mir unbekannte Hand, die Hand einer Frau. Auch nachts saß jemand in meinem Zimmer. Ich hörte Grüße von Herrn Calmund, von Calmund persönlich. Mir schien es, als würde das Personal humpeln, um mich zu imitieren. In Imitation meiner Beine hörte ich an den Wänden fließendes Wasser. Sie imitierten auch meine Hustenanfälle, wenn sie morgens kamen. Ich war beim Personal ein hustender Begriff. Erbrechender Husten auf dem Gang; also ging es zu mir: Bettdecke ausschütteln, Wadenwickel, Fiebermessen, neue Blumen …

Eine Lungenentzündung. Notiz: *Vielleicht hatte ich eine Ornithose bzw. Psittakose, auf deutsch Papageienkrankheit. Wie sehr mir dieser Name gefiel. Papageienkrankheit. Eine durch Vögel übertragene Infektionskrankheit.* Man fragte mich sogar: Ob ich zuletzt mit Vögeln zu tun gehabt hatte? Nein. Sie schienen erleichtert. Später beruhigten sie mich: Keine Ornithose, keine Psittakose, sondern eine normale Lungenentzündung. Die sogenannte Papageienkrankheit sei eine mehr als ungewöhnliche Erkrankung, Notiz: *zudem eine unrealistische Erkrankung. Beflügelt von der ausufernden Vorstellung eines krächzenden Papageien, der über mein Bett flattert und mir zuruft: Papageienkrankheit, Papageienkrankheit …* Wie sehr mir dieses Bild gefiel. Doch ich hatte nur eine gewöhnliche Lungenentzündung. Die Papageienkrankheit ist eine schleichende Erkrankung. Der Verlauf einer Lungenentzündung dagegen ist fulminant. Meine Erkrankung war in der Tat fulminant. Ich durfte mich nicht einmal aufrichten. Anweisung vom Arzt. Der Arzt und ich in aller Munde. Ich fing an, mit den Fingernägeln die Tapete von der Wand zu reißen. Ich lag neben einer rotbepunkteten Tapete. Sie raubte mir den Schlaf. Meine Ohrenschmerzen kamen von dieser Tapete. Jede Nacht das Gezänk der Tapete:

Warum das Stück ausgerechnet in Dänemark spielt!?

Welches Stück?

Das Stück. Warum Dänemark? Warum unbedingt Dänemark?

Warum nicht.

Dieselbe gereizte Stimme: *Dänemark!? Ein Land in Lateinamerika – darüber könnte man reden.* Wenn ich bereit sei, sehr hart an dem Stück zu arbeiten.

Ja?

Bis zum äußersten hart.

Mit einer kühlen Hand auf meiner Stirn wurde es wieder ruhiger.

Stellenweise hat uns das Manuskript durchaus gefallen.

Welche Stelle? Zeigen Sie mir die Stelle!

Keine Antwort.

Welche Stelle?

Keine Antwort.

Eine Frage, nur eine Frage: Gibt es Sätze oder Formulierungen oder wenigstens einzelne Wörter, die man trotz aller Schwächen als gelungen bezeichnen könnte?

Die Antwort: *Und.*

Wie bitte?

Das Wort UND sei mir geglückt – zum Teil …

Vorschlag für eine gütliche Einigung: Ich begrabe meine Manuskripte, darf aber nach wie vor behaupten, daß ich Schriftsteller bin.

Ja, gerne. Tun Sie das! Tun Sie das!

Ein kalter Waschlappen wurde mir aufs Gesicht gelegt.

Die ganze Nacht lag die Hand einer Frau in meiner Nähe und legte mir Waschlappen aufs Gesicht. Sie saß lesend auf einem Stuhl, eine Hand an ihrem Buch, die andere Hand auf meinem Bett. Wegen der Hitze in dem Zimmer saß sie kurzärmelig. Ihre langen Arme waren regungslos. Ohne es zu merken, berührte sie stundenlang meine Hand, während sie tiefgebeugt ihr Buch las. Ihr Gesicht in ständiger Bewegung. Sie las die ganze Nacht, ohne meine geöffneten Augen zu sehen, ohne, je länger ich sie beobachtete, ihre eigene Anwesenheit an meinem Bett zu bemerken, als wäre sie in dieses Buch versunken. Nicht nur eine Redewendung, sondern ein ständiges Bild an meinem Bett. Als ob ihr Buch einen andauernden Sinn ergeben würde.

Ich richtete mich auf …

Sie deckte mich wieder zu …

Ich fragte sie: Was mit unseren Manuskripten denn nun geschieht, wenn sie mit dem Postauto hierher kommen? Meine Notizen dazu: *In einer Halle stehen Behälter, Tonnen, Bottiche, Kübel oder Tröge. Auf Rutschbahnen purzeln die Kuverts vom Lastwagen auf meterhohe numerierte Haufen. Mit Besen und Rechen werden die Ränder dieser Haufen (wie Laub) zu neuen Haufen zusammengekehrt. Arbeiter bündeln diese zu Altpapierpacken, die mit Gabel-*

staplern zu einem Ofen gefahren werden, der den gesamten Verlag beheizt. Oder: *Die Post hat Fließbänder installiert, welche die Kuverts zu automatischen Brieföffnern transportieren, Schneide- bzw. Aufschneidemaschinen, Ritsch-Ratsch, rasiermesserscharf, wie Mähmaschinen, oder besser, mähdrescherartige Apparaturen, an deren Ende die Manuskripte aus den Kuverts fallen. Der Vorgang vereinigt sich mit einem weiteren Fließband, auf dem frisch gedruckte Briefe liegen, welche automatisch gefaltet und zusammen mit den Manuskripten in neue Kuverts gesteckt werden, die durch eine Frankiermaschine laufen, an deren Ende ein weiterer Lastwagen steht, der die Post abholt, um sie wieder an die Autoren zurückzuschicken …*

Wie könnte man, fragte ich sie, die Kuverts automatisch adressieren?

Sie antwortete nicht.

Doch spürte ich, daß ihr meine Notizen hätten gefallen können …

»Clea, Room Service.« Wenn das Telefon klingelte, dann meldete sie sich mit »Clea, Room Service.« Nachts saß sie, Clea, lesend an meinem Bett. Sie blieb bei mir, wenn die anderen gingen. Sie ging, wenn die anderen wieder kamen. Sie reichte mir Medikamente, gab mir zu trinken, rieb meine Beine ein, zog mir beinlange Strümpfe an: »Kompressionsstrümpfe.« Mehr sagte Clea nicht dazu. Ich nannte mich, um sie aufzuheitern, Herr Beinlich. Sie überhörte dies. Statt dessen befestigte sie mit Reißnägeln Handtücher über dem unteren Teil der Tapete …

»Danke!«

Sie antwortete nur ganz selten.

»Clea, Room Service.« Die Stimmen der Anrufe, die von der anderen Straßenseite kamen, waren bis zu meinem Bett zu hören. Sie antwortete immer lapidar: Ja, mir ginge es besser. Nein, ihr mache dies nichts aus. Sie saß meist in einem T-Shirt, unter dem, je länger sie las, ihre Hand auf der nackten Haut unmerklich nach oben wanderte, als säße sie alleine in ihrem eigenen Zimmer, an ihrem eigenen Bett. Selbst wenn wir uns anschauten, blieb ihre Hand, wo sie war, und sie las weiter. Sie konnte sich und mich stundenlang vergessen – und ihre Hand.

* * *

Nachts hörte ich die Rufe einer alten Frau, wie Hilferufe, als wäre jemand aus dem Bett gefallen, unfähig die Hand an die Klingel zu bekommen, um Hilfe, vielleicht eine Nachtschwester herbeizurufen. Eine solche Klingel hing auch über meinem Bett. Das Klingelgehäuse war mit einem gestrichelten Schwesternkopf verziert. Der Kopf bestand aus nur wenigen Linien und Strichen. Er blickte demütig streng nach unten, streng gegen sich und die Patienten. Man ahnt das eiserne Regiment unsichtbarer Ärzte über ihr. Sie stand auch unter der Last einer riesigen Haube, die weit über ihre Schultern hinausging. Stundenlang betrachtete ich diesen Kopf, eine Schwester aus früheren Zeiten, dunkle Krankenhaus- und Lazarettzeiten mit strengen Besuchszeiten …

Tagsüber war eine andere Schwester bei mir, ohne Haube, ohne daß ich sie gerufen hätte. Sie trug ihr schwarzes Haar offen. Durch ihre weiße Hose sah ich ihren Schlüpfer. Sie maß Fieber, Puls und Blutdruck, wechselte die Bettwäsche, verabreichte mir Antibiotika, betrachtete mit Sorge die leere Urinflasche in der Halterung des Bettes. »Sie müssen trinken.« Ich sollte trinken. Ich trank. Ich sollte mehr trinken. Meine Blase war bereits übervoll. Es war mir nicht möglich, im Bett in die Flasche zu machen. Das Aufstehen, ja selbst das aufs Klo gehen war mir streng verboten. »Sie müssen unbedingt trinken«, sagte sie. Nicht nur für das Labor, sondern auch wegen der Harnwege. »Bloß keine Harnwegentzündung.« Sonst müsse sie mir einen Katheder legen. Einstweilen injizierte sie eine krampflösende Spritze. Noch während sie im Zimmer hantierte, füllte ich die Flasche – unter meiner Bettdecke. Wir lächelten uns dabei an. Sie trug die Flasche mit erhobenen Händen ins Klo. Immer unverkrampfter, ohne jede weitere Spritze, füllte ich bald literweise Flasche für Flasche, wurde ich zu einem leidenschaftlichen Flaschenpinkler. Selbst heute gehe ich nachts nicht mehr aufs Klo, sondern nutze die Bequemlichkeit der Flasche.

Die Morgen- und Abendtoilette: Man brachte mir Waschlappen und Handtücher ans Bett. Ein heller Waschlappen für den Oberkörper, ein dunkler Waschlappen für den Unterkörper. Auf dem Nachttisch lag ein

Buch, ein Therapiebuch. Es war außer den Büchern Cleas das einzige Buch weit und breit. Ein Therapiebuch, in dem alle weiteren Maßnahmen vermerkt waren: Blutabnahme, Medikamente, Massage, Röntgen … Im Keller befand sich ein Röntgengerät. Einmal entdeckte ich den Vermerk: *11.30 Uhr Fango. 12 Uhr Magnetfeld. 14 Uhr Strumpfrunde.* Strumpfrunde? Doch der Zettel war ein Versehen. Er galt der Hüftpatientin. Oder Hüftautorin? Nachts hörte ich ihre Rufe, hörte ich ihre Schmerzen. Künstliche Hüfte. Ein Pflegefall, ohne Aussicht auf Besserung – auch keine literarische Besserung. Das Geschneuze eines anderen Autorenpatienten besprachen die Schwestern mit näselndem Spott: der Nasenpatient und seine näselnden Rufe und supranasalen Allüren.

Ein Teil des Vorhangs wurde geöffnet. Man setzte mir eine Sonnenbrille auf, da das Tageslicht blendete. Ich durfte aufrecht sitzen. Das Zimmerpersonal brachte weitere Blumensträuße mit Genesungswünschen, die mir vorgelesen wurden. Der größte Strauß kam von Dolm. »Typisch Dolm!« Der Strauß paßte in keine Vase. Er wurde in die Badewanne gelegt.

Von der anderen Straßenseite kamen zunehmend telefonische Anweisungen: Vollkost, Vitamine, Visite … Als wenn sie meine Genesung mit dem Fernglas von drüben aus verfolgten. Ich hörte das Wort »Mobilisieren!« Nicht nur, daß reichlich Personal für meine Gesundung mobilisiert wurde. Ich selbst sollte allmählich mobilisiert werden. Die Beine wurden mir bewegt. Ein Fahrradergometer wurde im Zimmer aufgestellt.

Bei 50 Watt sollte ich einige hundert Meter radeln. Ich radelte im Geiste einen See entlang. Danach wurde ich massiert.

Extra muros, das geflügelte Wort des Arztes, das er einmal, an meinem Bett stehend, sprach, um die vielen in meinem Zimmer anwesenden Leute aus dem Zimmer zu bekommen: *extra muros*. Bald war dieses Wort in aller Munde, ein Lieblingswort des Personals: *Extra muros*, und sie gingen hinaus und sprachen vor dem Zimmer. *Extra muros*, und sie deuteten auf die andere Verlagsseite. *Extra muros*, das Wort für Feierabend. *Extra muros* für alles und jeden außerhalb des Zimmers. *Extra muros* für die Silhouette der Stadt. *Extra muros*, und ich selbst wurde auf den Flur geführt, um dort einige Schritte zu laufen. In einem rollenden Gestell kam mir eine junge Frau entgegen. Ihre Unterarme stützten sich auf eine Halterung. Ihr linker Schuh war kein Schuh, sondern ein klobiger Lederklumpen. Sie wurde von einem Helfer begleitet, der sie Schritt für Schritt lobend voranschob, sie immer wieder aufmunterte. Sie hatte Schmerzen, doch sie lächelte. Schritt für Schritt lächelte sie mir entgegen, als wollte sie mir sagen: Ich kann wieder laufen. Sie klammerte sich an das Gestell und ich sah, daß ihr eine Hand fehlte.

Abends führte mich Clea auf die Terrasse, stellte zwei Stühle auf und setzte sich neben mich. Das Telefon klingelte. Sie ging hinein und nahm den Anruf entgegen, sagte leise ja, nach einiger Zeit ein noch leiseres ja, dann war sie wieder bei mir und erklärte, wir sollten die Terrasse wieder verlassen. Warum? Weil man uns von der Straße aus sehen könnte. Keine extramuralen Ausflüge mit Clea auf die Terrasse. Also verbrachten wir den Abend im Zimmer: ich im Bett, Clea lesend an meinem Bett …

Von der anderen Seite, ebenfalls ein häufiges Wort. Von der anderen Seite, ähnlich wie *extra muros*, von größter Geheimnistuerei und Bedeutung. Anruf oder Anweisung (extramurale Weisungen) von der anderen Seite, aus dem K, oder K.i.K., flüsterten sie sich fuchtelnd zu (eine Hand auf die Sprechmuschel des Telefonhörers gepreßt), oder hielten sie, sobald der Hörer aufgelegt war, einander vor. Sie behandelten diese Anrufe wie Auslandsgespräche: »Ja! Natürlich! Sofort!« Was sie taten oder tun mußten, kam von der anderen Seite, *von drüben*. »Besuch von drüben!« Das ganze Zimmer nun in Bewegung, wie vor einer Chefarztvisite (Notiz: *oder Verlagschefvisite*?) Sie machten sich an meinem Bett zu schaffen, wischten und wedelten mit weißen Servietten über die Bettdecke, als wäre es noch nicht zu spät, eine unsichtbare Sauerei aufzuwischen, wenigstens symbolisch, in symbolisch-fuchtelnden Bewegungen. Laken wurden straff gezogen, mein Nachttisch geräumt, Stühle neu plaziert. Mit Lederlappen trockneten sie hastig die Kacheln im Bad, besonders aber die Duschkabine, die anfing zu quietschen. Die Duschkabinen offensichtlich Calmunds Steckenpferd …

* * *

Eine Frau trat ein, noch jung, Lektoratsassistentin, Lektorat Professor Rink (verstorben), nun die linke Hand, die Assistentin von Dolm (Dolm *extra muros*, auf einer Dienstreise in Amerika. Er ließ grüßen). »Wie geht es Ihnen?« Sie nannte keinen Nachnamen, nur ihren Vornamen (Birgit oder Brigitte). Sie erwähnte ihren Namen nur einmal nebenbei, als wäre er nicht der Rede wert. Viel lieber sprach sie von Dolm: Dolm der Kopf, der Entschiedene, der alles Entscheidende … Dolm der IST beziehungsweise NIST. Ich verstand nicht, was sie meinte. Sie sprach mit ausholenden Bewegungen und voller Begeisterung: Dolm der IONIST oder vielmehr, jetzt verstand ich's, der DEZISIONIST. Wie bitte? Dezisionist. Sie erklärte mir: Dezisionist, wie dezidiert: entschieden. Dolm sei ein Freund von Entscheidungen. Dezisionismus – Entscheidungsfreude. Mehr als nur ein Wort. Eine ganze Theorie. Sie erklärte mir diese Theorie: Man denke sich einen Verirrten im Wald. Seine Lage wäre aussichtslos, wenn ihm nichts anderes einfiele als planlos umherzulaufen. Wenn überhaupt etwas Rettung bringt, dann der unverzügliche Entschluß, so geradewegs wie möglich in irgendeine Richtung zu marschieren. Die Wahl dieser statt jener Richtung sei eine Dezision. Eine Dezision ist eine unter Druck gefällte Entscheidung, z. B. die Entscheidung einer Himmelsrichtung, ohne daß wir tatsächlich über Gründe verfügten, diese statt jene Richtung für die Richtigkeit des rettenden Auswegs zu halten. So oder so ähnlich. Sie lächelte. Dolm habe über dieses Thema einen Aufsatz geschrieben.* Sie setzte sich auf mein Bett und reichte mir die Hand. Sprach sehr freundlich, anders als Dolm: nicht so überstürzt, bedächtiger, lächelnder. In ihrem engen grauen Rock saß sie wippend auf meinem Bett, ein rotes Halstuch über ihrer halb aufgeknöpften Bluse, ihre Arme auf meine Bettdecke gestützt, als würde sie sich sonnen, nicht nur auf meinem Bett, sondern täglich unter freiem Himmel. So braun gebrannt wirkten ihre Arme und Beine auf den weißen Laken. Sehr attraktiv. Sie schien mir bedeuten zu wollen, auch unter ihren Kleidern ein Mensch zu sein, vielleicht ein ganz anderer Mensch als hier im Verlag: keine Schreibtischfrau, sondern eine radfahrende, schwimmende Freundin von Sonne und Meer und nackten Schultern und nachlässig geknöpften Blusen, die sie sich nach dem Schwimmen überstreift ..., auf dem Weg vom Strand zu meinem Bett.

Sie wollte nicht lange bleiben, mich nur kennenlernen, befragte mich zu meiner Vita, lächelte, pflichtete mir bei, war erfreut über meine Genesung, sprach davon, mich demnächst in ein anderes Zimmer zu verlegen, fragte nach meinen Hobbys, machte sich Notizen, spielte mit ihrem Kugelschreiber, tippte ihn gegen ihre Brust, freute sich auf die Zusammenarbeit, redete mich als Autor an, Autor bei K.i.K. Sie spielte diese Buchstaben einerseits herunter: »Ist trotz allem nur ein Verlag.« Andererseits sprach sie von meinem

---

* Dolm, in: Oelmüller, Dölle-Oelmüller, Piepmeier, Hrsg., *Philosophische Arbeitsbücher*.

Platz in diesen Buchstaben, reichte mir ein Glas Saft, berührte dabei meine Hand, lächelte, öffnete eine Aktentasche, überreichte mir ein Geschenk ... Ein Geschenk? »Ein Geschenk. Wollen Sie es nicht aufmachen?« Mit meinen stumpfen, abgenagten Fingernägeln war das nicht möglich. Sie lächelte, schien über meine Fingernägel weniger erschrocken als vielmehr von ihnen angetan, wenn nicht erfreut, als würden die abgenagten Nägel sie bestätigen. Sie öffnete das Geschenk für mich, mit langen Fingernägeln, überreichte mir ein Buch, über das ich nicht erschrecken sollte. Ich erschrak dennoch. Der Umschlag sei nur ein erster Entwurf, sagte sie, während ich das Buch mit beiden Händen hochhielt. »Ihr Buch«, sagte sie, ein wenig verlegen – Verlegenheit eines aufrichtig Schenkenden. Mein Buch? Ich sah mein eigenes Gesicht – auf dem Buchumschlag. Der Umschlag zeigte *mein* Gesicht. Großaufnahme meines Gesichts, das den ganzen Umschlag beherrschte. Ein schreckliches Foto! Sie erwiderte: »Ein ausgezeichnetes Foto.« Sie blickte völlig ernst. Viel mehr als nur ein Foto. Eine umfassende Idee. »Dolms Idee.« Sie sprach von Dolm und seinen Fotografen. »Der Umschlag ist nur ein erster Entwurf. Es folgen weitere Entwürfe.« Und sie deckte mich zu.

Sie setzte sich auf einen Stuhl und erklärte mir: Viele Autoren reagierten auf Buchumschläge nervös. »Das ist normal.« Viele Autoren seien zunächst perplex ob des unwirklichen Eindrucks eines entstehenden Buches. Die Unwirklichkeit des eigenen Namens auf dem Umschlag. Die Unwirklichkeit von einem selbst im ersten Angesicht des eigenen Buches. Die Unwirklichkeit von Büchern überhaupt ... »Das ist normal«, sagte sie und deutete auf die Buchstaben meines Namens in dem ausufernden Foto meines Gesichts: »Ihr Name.« Fast flüsternd sagte sie es: »Ihr Name.« Mein Name ... auf einem Buch von ... K.i.K. ... Um wieviel unwirklicher, fügte sie hinzu, wirke dann das eigene Gesicht im Zentrum eines neuartigen Umschlags, einer neuartigen Idee von Buch. »Das ist normal«, sagte sie. »Kaum ein Autor hat Verständnis für Fotos, am wenigsten für das eigene Gesicht ...« Und dennoch: »Ihr Gesicht ist zu gut, um es einfach zu unterschlagen.«

Sie glättete meine Bettdecke, während ich mich erhob und sie fragte: Warum ausgerechnet mein Gesicht!? Warum überhaupt irgendein Gesicht!? Warum kein anderer Umschlag!? Es fehlte auch der Titel! Ich sah die Buchstaben meines Namens, wohlwahr, doch keinen Titel! Auf dem ganzen Umschlag nicht der geringste Hinweis auf einen Titel! Um welches Buch handelte es sich überhaupt!? Nicht einmal ich, der Autor, entdeckte irgendeinen Hinweis! Kein Wort war bisher über Inhaltliches gesprochen worden! Warum nicht!? Seit bald zwei Wochen war ich hier! Warum hat man nie über dieses Thema gesprochen!? Sie deckte mich wieder zu und sagte sehr sanft: »Später.« Ich wollte das Buch öffnen. Sie sagte: »Später.« Meine Fragen nach dem Titel, nach dem Inhalt, nach meinen Manuskripten ... Ihre Antwort: »Später.« All das folge später. »Sie haben ein außergewöhnliches Gesicht.« Und sie sprach in Andeutungen von der Idee – Dolms

Idee – eines Buches, das wieder einen Autor hat, einen deutlichen Autor, ein Gesicht, nicht irgendeinen Namen, sondern ein Gesicht!

»Sie sind das Inbild eines Gesichts.« Wie einen Spiegel hielt sie mir das Buch entgegen. »Ein außergewöhnliches Gesicht.« Ob ich das nicht wisse? Ich ahnte es: habe außergewöhnliche Ohren, wie mir eine Freundin einmal sagte, und auch eine auffällige Nase – schnabelartig. Ich finde kein anderes Wort. Wahrlich kein schönes Gesicht! Sie antwortete: »Nein? Kein schönes Gesicht?« Wie eine lächelnde Mutter. »So, so …« Sie sprach flirtend. »Sie wissen, wem Sie ähnlich sehen.« Ähnlich sehe? »Ganz und gar ähnlich.« Ich hatte keine Ahnung. »Sie sehen ihm völlig ähnlich.«

Später betrachtete ich mich im Spiegel, um diese Ähnlichkeit zu studieren – fast hätte ich gesagt: um mich an diese Ähnlichkeit zu gewöhnen. Ich erkannte mich, je länger ich mich betrachtete, kaum mehr wieder. Sie hielt das Buch immer noch in die Höhe. Sprach weniger zu mir als zu dem Bild auf dem Umschlag: »Ganz und gar *sein* Gesicht … Derselbe Ausdruck, dieselben Augen, derselbe Blick! Ein schlagartiges Gesicht … Kein Zufall … Kein Zufallsgesicht …« Nicht irgendein Verlegenheitsfoto in der hintersten Ecke eines Buches, sondern ein Gesicht, *sein* Gesicht, plötzlich wieder lebend, an vorderster Stelle, ein Frontgesicht, ein Buchgesicht, ein Literaturgesicht, ein Schriftstellergesicht, ein Jahrhundertgesicht … Ausgerechnet mein Gesicht … »Wie bitte?« Nichts, ich sagte nichts. Sie sprach allen Ernstes weiter. Sie stand nicht auf, sie ging nicht ins Bad, sie drehte den Wasserhahn nicht auf, um ihr Lachen zu übertönen, denn sie lachte nicht, sie lächelte nicht einmal, sondern sprach weiter, ihr Bein, das zitterte, in meiner Nähe. Sie berichtete von dem Foto, das eines Morgens auf ihrem Schreibtisch gelegen hatte – nicht das Foto der Kusine. Dieses Foto völlig uninteressant. Der Bikini eine Provokation. Eine Geschmacklosigkeit. Für einen Augenblick sah ich ihren Mund angewidert ... Nein, nicht dieses Foto, sondern mein Foto, mein Gesicht, das eines Morgens auf ihrem Tisch gelegen hatte. Sie hätte beinahe aufgeschrieen, zeigte das Foto Dolm, der sagte: »Das ist es. Er ist es.« Sie sprach mit überschlagenen Beinen, ihr Knie zeigte zu mir, erzählte, wie sie nach mir gefahndet und mich gefunden hatten, wie sehr ich ihm ähnlich sehe, zum Verwechseln ähnlich. Ob ich das nicht wußte? Nein. Sie hatte es die ganze Zeit gewußt.

Später zeigte sie sich betört über meine Ahnungslosigkeit, als wäre meine Ahnungslosigkeit Beweis für meine Ähnlichkeit, wenn nicht Wesensgleichheit mit Vašiček, arglos bescheiden, fast mädchenhaft verlegen, als würde er leibhaftig vor ihr liegen ... »Hat Ihnen das niemand gesagt? Auf welcher Schule waren Sie?« Sie erzählte von ihrer Schule: Vašiček ein ständiges Thema, im Deutschunterricht, in Aufsätzen, in Klassenarbeiten und Büchern, ohne dabei die Vorstellung eines Gesichts zu haben, weder ein Bild noch ein Bildnis. Nicht einmal die Frage: Wie sieht er eigentlich aus? Was hat er für ein Gesicht? Selbst der Deutschlehrer fragte nicht danach. »Es ist ja nicht irgendeine Frage«, sagte sie. »Jede Beschäftigung mit einem Autor beginnt mit einem Gesicht, ob man es nun sieht oder nicht.« Die Schulbücher waren dagegen gesichtslos; Vašiček ein gesichtsloser Name, ein gesichtsloses Problem. »Eine Deutschstunde über Vašiček sollte mit seinem Gesicht beginnen.« Sein Gesicht ändere alles. Später, sehr viel später, sah sie ihn dann, im Schaufenster einer Buchhandlung, auf dem Einband einer Biographie: Vašičeks Gesicht. Da sah sie, was für ein schöner Mann er war, außergewöhnlich schön, die dunklen Augen und Haare und der Blick: ein schlagartiger, eindringlicher, zarter Blick. Sein Mund schien zu atmen. In Wahrheit war es ihr eigener Atem, der das Glas des Schaufensters bedeckt hatte. Sie kaufte sich das Buch, trug es nach Hause, wollte es lesen. Sie konnte kaum mehr als einige wenige Sätze lesen, ohne an das Gesicht auf dem Einband zu denken. Immer wieder klappte sie das Buch zu und betrachtete sein Gesicht. Das Buch seines Lebens hat sie nie gelesen, alleine wegen seines Gesichts. »Es war zu schön, um überblättert zu werden.«

Ich hörte ihr kaum zu. Vašiček war mir völlig egal. Von mir aus sah ich ihm ähnlich. Oder auch nicht. Solange diese Ähnlichkeit dem Buch helfen würde. Alles andere war mir egal. Unter dem Foto stand *mein* Name. Mein Name! Er war anders als sonst geschrieben. Zwei fremdländische Häkchen schwebten über den mittleren Buchstaben. Ich hielt diese Häkchen für Anmerkungen der Druckerei. Als ich das Buch öffnen wollte, sagte sie: »Später, später.«

Sie schaute mich an. Meine Augen wie seine Augen, »die schönsten Augen«. Sie sprach über unser schwarzes Haar, unseren Mund, das *kaum bemerkbarste Lächeln* unseres Mundes. Unsere ganze Gestalt: schweigsam, ein wenig linkisch, als würden wir uns schämen. »So verschüchtert und verwundbar«, sagte sie mir über meine Beine hinweg. Ausgerechnet Vašiček. Nun gut. Sie wußte alles über sein Äußeres, kannte sämtliche veröffentlichte und unveröffentlichte Fotos. Er war von hagerer Statur, schwächlich, weil krank, hatte pechschwarzes glänzendes Haar, »es gibt kein schwärzeres Schwarz«, dunkle Augen und einen raschen Gang. Meine Statur wie seine Statur, seine Statur wie meine Statur. Selbst die Fingernägel. Sie zupfte an meinem Leintuch. Ihre langen Arme streiften die Bettdecke. Für einen Moment berührte sie ihr Gesicht, so als berührte sie eigentlich mein Gesicht. Erstmalig sprach eine Frau, eine bildschöne Frau, eine K.i.K. Frau, an meinem Bett, sprach eine Frau in Liebe von meinem Gesicht.

* * *

Vašiček ist längst tot, doch ich, ich bin am Leben. Nicht meine, sondern ihre Worte: »Sie sind am Leben!« Das Foto auf dem Buchumschlag wirkte in der Tat wie Vašiček noch lebend, oder wieder lebend, ohne andererseits einen Zweifel daran zu lassen, daß ich ein anderer bin, nicht Vašiček, sondern ich, aber durchaus Vašiček sein könnte, Vašiček unter anderen Umständen: ein Gesicht, das mit einem Schlag auf den Plan tritt, in Form eines Buches, das er geschrieben haben könnte. So oder so ähnlich die Erklärungen von Dolms Assistentin: »Er war sehr krank, überspielte seine Krankheit aber …« Auch ich war krank, ohne meine Krankheit überspielen zu müssen. Er war Vegetarier. Auch ich, fiel mir nun auf, wurde vegetarisch ernährt. Ich hatte, muß ich gestehen, nicht eine Zeile von ihm gelesen. Ich sehe ihm in der Tat ein wenig ähnlich. Seine Gesichtsfarbe weiß, geradezu bleich, schöne Zähne, ein freundliches höfliches Lächeln – ein besonders schönes, verlegenes, wissendes, zärtliches, schmerzliches Lächeln … Einige Jahre lebte er in Amerika in völliger Zurückgezogenheit und Einsamkeit, in einer Blockhütte, war unauffindbar, wurde bereits für tot erklärt, kehrte dann, noch lebend, aber todkrank wieder zurück … Er starb viel zu früh. »Man kann kaum ermessen, wie tief der Blick unserer Augen reicht.« Ihre Worte.

Ein wenig linkisch, als ob wir uns schämen würden. Ich betrachtete ihn. Ich betrachtete mich. Ich betrachtete mich im Spiegel, ich betrachtete ihn im Spiegel. Ich betrachtete mich auf dem Buch, ich betrachtete ihn in Büchern. Sie hatte recht: Als ob wir uns schämen würden. Wir schämten uns, jeder für sich, jeder auf seine Weise, doch wir schämten uns in ähnlichen Gesten. Wir schämten uns gemeinsam. Und wir beschämten uns gegenseitig ob unserer gemeinsamen und unterschiedlichen Art uns zu schämen. Ich schämte mich noch mehr als er, meinte Dolms Assistentin. Ich schäme mich alleine dafür, daß ich ihm ähnlich sehe. Sie versicherte mir (telefonisch), ich sei ein eigenständiger Mensch (Notiz: *besonders meine Nase*). Aber nein! Sie meinte mein ganzes Gesicht, mein Wesen, meine Art, meine Bücher. Meine Ähnlichkeiten mit Vašiček seien nur ein Hinweis, ein Verwirrspiel, das Tor zum Buch, das in Vorbereitung sei, dessen Entwurf sie auf meinem Nachttisch zurückgelassen hatte: Auf dem glänzenden Buchumschlag mein Gesicht, in dem sich die Buchstaben meines Namens verteilten. Erst jetzt verstand ich die Häkchen auf den mittleren Buchstaben. Als ich das Buch öffnete, waren die Seiten leer.

* * *

Ich erwähnte *meine* Manuskripte. Sie ging darauf nicht ein. An dem Titel werde noch gearbeitet – wie auch an dem Buchinneren. Dies sei Sache des Lektorats. Es werde von den verschiedensten Seiten und Abteilungen geprüft. »Manuskripte sind Lektoratsarbeiten.« Ich solle mich da nicht einmischen. »Wir machen das schon.« Und: »Es ist eine Sisyphusarbeit. Das Buch soll genau 777 Seiten haben.« Die Gründe dafür wollte sie nicht am Telefon darlegen. Ich öffnete das Buch: Es waren in der Tat 777 numerierte Seiten … Keines meiner Manuskripte hatte 777 Seiten. Sie ging darauf nicht ein, lenkte das Gespräch auf den Umschlag: »Ein Buch beginnt mit dem Umschlag. Wenn man den Buchumschlag nur sieht, dann besteht kein Zweifel, daß hier ein Schriftsteller ist, nicht irgendein Schriftsteller, sondern das Inbild des Schriftstellers, der gar nicht anders kann, der es immer war, der es immer bleiben wird ... Es ist das Gesicht eines ganzen Jahrhunderts.«* Sie stellte mir eine sehr einfache Frage, die ich nicht beantworten konnte, nannte einige berühmte Autorennamen und fragte mich plötzlich, wie dieser oder jener Autor eigentlich aussieht. Ich hatte keine Ahnung. Oder nur sehr vage Vorstellungen: ein Schnurrbart, die Ecke einer Brille, ein Hörgerät ... Ich sah nur gesichtslose Namen. »Sehen Sie.« Und sie fügte hinzu: »Literatur ist Fiktion.« Ich stimmte ihr zu. »Die Fiktion beginnt mit dem Umschlag.« Ich stimmte ihr zu. »Auch Schriftsteller sind eine Fiktion.« Und: »Es gibt kaum noch schreibende Schriftsteller.« Oder: »Die meisten Schriftsteller sehen nicht aus wie Schriftsteller.« Und: »Die erfolgreichsten Autoren sind Namen, vorzugsweise ausländische Namen, wohl-lektorierte Pseudonyme, Lektoratsarbeiten.« Und: »K im K ist eine komplizierte Vertragslandschaft mit Namen oder Personen im Ruhe- oder Wartestand.« Sie war betört über meine Ahnungslosigkeit. »Das Buch ist in Arbeit. Das ist normal.« Und: »*Wir* sorgen für das Buch. Wir

* Ein Gesicht des 20. Jahrhunderts. Ein weiteres Jahrhundertfoto: Calmund und Vašiček beim Kamingespräch.

machen das schon.« Und: Man warte auf die Rückkehr und auf das Plazet von Dr. Dolm. Und: Die dezidierte Überzeugung von Dr. Dolm ... Und: Das Lektorat Professor Rink hat Erfahrung im Machen von Büchern. Und: Bücher sind Wahlen, oder besser: Selektionen ... Und: Selektionen sind subjektlose Vorgänge, selbstlose Operationen, die durch Differenzen ausgelöst werden. Und: Es wird ein vollkommenes Buch werden. Und: Bücher sind Teamarbeit, eine konzertierte Aktion. Und: Die Summe allen verlegerischen Wissens ... Und: Ich soll den Vorschlag des Verlags in Ruhe bedenken. »Denken Sie auch an später, an das Alter, an die Frage der sozialen Absicherung.« Und: »Nicht wenige Schriftsteller sind Pflegefälle.« Und: Der Verlag steht zu mir ... Und: Voraussichtliche Startauflage zwischen 200 und 300 Tausend ... Und Nebenrechte ... Und Übersetzungen ... Und weitere Absicherungen ... Und dennoch ... Und ein Vorschuß ... Und weitere Bücher ... Und darüber hinaus ... Und so weiter ... Und meine Bankverbindung ...

* * *

Vašiček ist längst tot, doch ich, ich bin am Leben. Vielleicht ist es ja umgekehrt. »Wer weiß«, antwortete (Birgit oder Brigitte) Dolms Assistentin. »Lassen Sie sich den Vorschlag des Verlags in Ruhe durch den Kopf gehen.« Sie sprach behutsam die Buchstaben K.i.K.

Mein Name, mein Gesicht, meine Anwesenheit im Innersten von K.i.K. …

Ich bleibe dabei, auch nach stundenlangen Betrachtungen im Spiegel: Ich habe kein schönes Gesicht. Eine Schönheit bin ich nicht. Ein literarisches Sexsymbol bin ich sicherlich nicht. Ganz gleich wie und wo und wann man mich fotografiert. Doch darum geht es nicht. Mit einem Schönling würde K.i.K. nicht zusammenarbeiten. Es geht um die Ähnlichkeiten (mehr als Ähnlichkeiten) mit Vašiček, die ich mittlerweile einsehe. Armer Vašiček. Mein Gesicht ist nicht mehr nur ein Privatgesicht. Selbst das Zimmerpersonal sieht die Ähnlichkeiten, sah die Ähnlichkeiten von Anfang an. Wie Vašiček … Ganz und gar Vašiček … Doppelgänger von Vašiček … Reinkarnation von Vašiček … Unheimlich und fremd wie Vašiček … Auch meine Erkrankung und Geistesabwesenheit … Selbst meine Art zu atmen verglichen sie mit Vašiček. Vašiček ist auch der Name, den sie draußen auf den Korridoren, wenn sie zu mir kommen, einander zurufen, halb im Spaß, halb im Ernst – immer deutlicher im Ernst. Die Reinigungsfrau wollte ein Autogramm von mir, nur unter dem Namen Vašiček. Nachts glaubte ich in dem Gerufe der Hüftpatientin das Wort Vašiček zu hören, als ob ich an ihr Bett kommen sollte. Auch Clea Room Service nannte mich, kaum zu hören, doch sie nannte mich Vašiček.

* * *

Ich sei nicht objektiv. Die Umfragen würden Dolm recht geben. Ich sei zu befangen, in mir gefangen. Ich würde mich mit falschen Erwartungen sehen. Selbst ohne einen Titel oder Namen ginge nichts von der Wirkung des Umschlags verloren. Im Gegenteil! Man überlege, den Titel zu streichen, auf jede Titelei zu verzichten. Ein Buch ohne Titel … Nur mit dem Foto meines Gesichts … Vielleicht … Warum nicht …? Sie blies den Rauch ihrer Zigarette ins Telefon: »So etwas gab es noch nie.«

* * *

Für sie war es ein Sakrileg von Einzelheiten wie Nase und Ohren in meinem/seinem Gesicht überhaupt zu sprechen. »Denken Sie an Liebesgedichte.« Die Sprache der Liebe sei immer abstrakt. Sie werde nur selten konkret. Aus gutem Grund: »Kein Dichter würde schreiben: Wie sehr ich deine 3,4 cm lange Nase liebe.« Wenn überhaupt Nase, dann Nase wie Elfenbein. Sie hatte stets die besseren Argumente.

* * *

Ich bleibe dabei: Es ist kein schönes Gesicht. Alles an ihm scheint überzogen groß, auch die Augen, der bohrende Blick, der mich an die Wand drückt. Das Foto des Umschlags ist schwarzweiß. Es soll mit Absicht ein wenig vergilbt wirken. Ein wenig verschwommen und verquollen, als hätte man mich unter Wasser fotografiert. Unter anderen Umständen wären andere Fotos möglich gewesen. Doch darum geht es nicht. Das Gesicht ist das Buch. Und umgekehrt. Mein Einverständnis vorausgesetzt.

* * *

Mein Einverständnis äußerte sich kopfnickend oder schweigend oder schlafend oder durch hinhaltende Äußerungen oder durch meine bloße Anwesenheit …

* * *

Warum nicht?

* * *

»Es wird ein perfektes Buch werden.« (Dolms Assistentin)

* * *

Es wird ein perfektes Buch werden. Und: Es wird Wirklichkeit. Und: Ohne mein Gesicht wäre das Buch nicht mehr denkbar. Und: Meine eigenen Manuskripte könnten meinem/seinem Gesicht möglicherweise gar nicht gerecht werden. Und umgekehrt. Und: Es bleibt mir gar keine andere Möglichkeit … Und: Ich kann keine weiteren fünf Jahre mehr warten … Und: Ich werde weiter schreiben … Ich werde mir weiter Notizen machen! Und: Ich bin und bleibe unverändert ich … Wie Vašiček unter anderen Umständen … Ein moderner Vašiček … Ich gewöhne mich an ihn …

* * *

Notiz! Kleine Sammlung der Wortkaskaden, die meinem Gesicht auf dem Umschlag zugesprochen wurden:

eindeutig	*grüblerisch*	*schöpferisch*
eindringlich	*gedankenvoll*	*lyrisch*
inständig	*denkerisch*	*musisch*
schriftstellerisch	*Schriftsteller*	*Schriftstellerblick*
hellsichtig	*weitblickend*	*sehnsüchtig*
weitsichtig	*weichblickend*	*wehmütig*
mystisch	*einfühlsam*	*schreckhaft*
Schriftstellermund	*Schriftstirn*	*schriftstellerhaft*

ganz und gar Schriftsteller

bleich, kränkelnd, kränker, dauernd, trauernd, scheu, leibhaftig, ichhaftig, ewig, traurig …

* * *

Abends saß Clea an meinem Bett. Plötzlich legte sie ihr Buch zur Seite, zog die Bettdecke auf den Boden, zog mich mit ausgestreckten Armen aus dem Bett, drehte mich in einen Bademantel hinein und führte mich auf den Flur, wo wir den üblichen schweigenden Spaziergang machten: zum Aufzug und wieder zurück. Und wieder zum Aufzug. Gehübungen für meine fortschreitende Genesung. Wie durch einen Zufall hielt der Aufzug auf unserem Stockwerk. Er war leer.

»Wollen wir ein wenig spazierenfahren?«, fragte ich sie.

»Mit dem Aufzug?«

»Ja.«

Sie schaute mich an und sagte: »Warum nicht.«

Sie führte mich in die Kabine und drückte den untersten Knopf. Neben dem Knopf hing ein Schild, auf dem die Worte SAUNA und WELLNESS und SONSTIGES standen. Wir fuhren nach unten. Als die Tür des Aufzugs sich öffnete war der Eukalyptusduft der Sauna schon zu riechen. Wir gingen einen Korridor entlang. Ich hörte Wassergeräusche – womöglich ein

Hallenbad. In einem hell erleuchteten Raum sah ich Fitneßgeräte. Ich hörte das Surren und Quietschen einiger Ergometer. Dann die Sauna. Mehr als nur eine einzige Sauna, ein ganzes System unterschiedlich beheizter und beduftteter Kabinen. Die meisten waren leer. Nur in einer Kabine saßen gekrümmte Gestalten. Schriftstellergestalten. Ich glaubte sogar das bekannte Geseufze zu vernehmen. Wie an meinem ersten Abend beim Abendessen: Oje. Wo soll das hin? Wie soll das weitergehen? So schienen sie zu seufzen. Haltlose Notiz: *Die Sauna womöglich beheizt mit den abgelehnten Manuskripten eben jener Schriftsteller.* Wir liefen weiter, kamen in einen entlegenen Raum, in dem eine Sonnenbank stand. *Turbo Power Sunshine.* Ob ich gerne ein Sonnenbad nehmen würde? Ich schaute sie an und sagte: »Ja, gerne!« Ich stand unschlüssig. Auch sie stand unschlüssig. Sie half mir beim Ausziehen des Bademantels, den sie auf einen Stuhl legte. Sie schaute mich weder an noch schaute sie weg. Sie warf ein Geldstück in den Automaten und half mir behutsam auf die Sonnenbank. Sie legte ihre Hand auf meine Augen, die ich fest geschlossen halten sollte, wegen des grellen Lichtes, das meinen Körper nun bräunte, nachdem sich das Gerät mit einem plötzlichen Windstoß aus dem Ventilator einschaltet hatte. Später öffnete ich meine Augen dennoch ein wenig und blickte durch ihre Finger hindurch über mich selbst hinweg – erschrak über meinen weißen, unterernährten Köper. Unter den grellen Röhren wirkten meine Beine blau. Sie drückte ihre Hand nun fester gegen meine Stirn, wie zum Trost.

So als wollte sie mir bedeuten: Schau gar nicht hin! Später drückte sie meine Hand, minutenlang, warf ein weiteres Geldstück in den Automaten, umfaßte meine Beine, fing an mich zu massieren, so schien es, so war es. Sie massierte mich von unten nach oben, wie gut das tat, immer weiter nach oben, über die Kniescheiben hinaus, weit darüber hinaus, massierte mich bis zu meiner Unterhose, in meine Unterhose hinein, ohne Zweifel, masturbierte mich, zunächst in beiläufig streifenden Berührungen, wie kleine Versehen, dann immer eindeutiger, mit einzelnen langen Fingern, sodann mit der ganzen Hand. Ihr flatterndes Haar fegte im Wind des Ventilators über mein Gesicht … Sie warf ein weiteres Geldstück in den Kasten und begann wieder von vorne, und noch einmal, und noch ein Geldstück … Später rollte sie sich in die Sonnenbank hinein, legte sich auf mich. Notiz: *Mit einer einzigen Bewegung war ihr Oberkörper frei. Und sie legte sich auf mich.* So lagen wir wortlos atmend, wie ein Liebessandwich im Ofen (meine Worte), im Wind des Ventilators, unser beider Rücken von oben und von unten gebräunt. Sie flüsterte »Vašiček.« Immer wieder. »Vašiček. Vašiček.« Fast irrsinnig. So als wollte sie sagen: Es muß endlich einmal getan sein! Es muß endlich einmal getan sein! »Vašiček!« In den unterschiedlichsten Betonungen und Liebkosungen – bis das letzte Geldstück aufgebraucht war.

Als ich schließlich (wieder im Bademantel) neben ihr stand, wollte ich sie umarmen. Sie nickte verlegen und wischte die Sonnenbank. Mit einem Lederlappen.

»Bitte von Calmund persönlich«, sagte sie. Dann fuhren wir mit dem Aufzug wieder nach oben.

* * *

Ich hatte einen Sonnenbrand. Der Sonnenbrand sprach sich schnell im ganzen Haus herum, bis zur anderen Seite des Verlags: Was passiert sei? Wo ich gewesen sei? Hektische telefonische Erkundigungen. Ich hörte Cleas Namen aus dem Hörer zischen. Was sie mit mir gemacht habe? Was sie sich dabei gedacht habe? Sie sei zu weit gegangen. Das Sonnenbad eine Dummheit, eine Eigenmächtigkeit, gegen jede Absprache und Planung … »Bitte nicht!« Händeringende Telefonate: »Bitte keinen Sonnenbrand! Alles, nur keinen Sonnenbrand!« Ich hörte, gefuchtelt gesprochen, das Wort Buchmesse. »Die Buchmesse! Nur noch wenige Wochen bis zur Buchmesse.« Ich hörte wie selbst Dolm, in New York von meinem Sonnenbrand informiert, aufbrausend geworden sein soll, seine baldige Rückkehr ankündigte. »Braun?« hörte ich eine entsetzte Stimme auf dem Flur rufen. »Er sieht aus wie gekochter Hummer.« Man betrachtete mich wie ein Unglück, Vašiček auf Mallorca. Als hätten Clea und ich ihn zerstört. »Bitte nicht!« Man rieb mich mit Cremes und Salben ein. Ich sollte im Bett bleiben. »Kein Sonnenbad!« Keine Veränderungen an meinem Erscheinungsbild ohne Rücksprache mit dem Verlag. »Haben Sie das verstanden!?«

Sie zogen die Vorhänge zu. Ich hörte in dem Wirrwarr zahlloser Gespräche die weit aufgerissenen Worte *Calmund, Calmund selbst, selbst Calmund* ... Tagelang wurde ich wie ein beschädigtes Gemälde restauriert.

* * *

Als ich nach Zimmerdienst, Room Service und später nach Clea direkt fragte, gab man mir keine Antwort. Unter der Bettdecke dachte ich an weitere Sonnenbäder ...

Man brachte mir ein Manuskript, in dem ich lesen sollte. Es handelte sich um keines meiner eigenen Manuskripte, nach denen ich immer wieder gefragt hatte. Ich merkte dies sofort. Es war viel zu dick. Mehrere hundert Seiten. Ich legte es zur Seite, ohne einen weiteren Gedanken. So wie ich mir auch um meine eigenen Manuskripte immer weniger Gedanken machte, dank meiner Gedanken an Clea. Ach Clea! Ich schlief.

Noch am selben Tag fragte man mich, ob ich es gelesen hatte. Was gelesen? »Das Manuskript, das Ihnen gebracht wurde.« Ich verneinte. Ein verwundertes, wenn nicht verärgertes Aha. Später fing ich an, in dem Manuskript zu blättern, wurde aber schnell müde ...

* * *

Ich wurde geweckt. Wieder freundlicher, meine Gesichtsfarbe offenbar verbessert … Notiz: *meine Farbe wieder Vašičekesk*. Man reichte mir eine schwere Ledermappe, in die ein seitenlanger Vertrag geheftet war, der Verlagsvertrag, den ich bitte für die Rechtsabteilung durchsehen sollte. Ich wurde munterer, setzte mich aufrecht hin und fing an zu blättern: VERLAGSVERTRAG. Darunter die Buchstaben K.i.K. Darunter mein Name. Mein Name! *Gegenstand des Vertrages ist das vorliegende Werk unter dem Titel/Arbeitstitel und fotografierten Gesicht: DAS GESICHT*. Vorbehaltlich des Verlagsrechts, das Buch auch ohne einen ausdrücklich gedruckten Titel veröffentlichen zu dürfen, ausschließlich mit meinem Gesicht als Titel – unter Verwendung einer fotografischen Lösung und Verdeutlichung, Foto meines Gesichts, das auf der nächsten Seite abgedruckt war. Zahlreiche Finger deuteten auf die vielen Bestimmungen der bevorstehenden Vereinbarung. *Rechtseinräumungen*. Ich verstand nicht. Das brauchte ich auch nicht. Man erklärte mir, teils persönlich, teils in telefonischen Anmerkungen, die wesentlichen Rechte und Pflichten. *§ 3. Der Verlag ist verpflichtet, das Werk zu vervielfältigen, zu verbreiten und dafür angemessen zu werben*. Umgekehrt räumt der Verlag dem Autor folgende Rechte ein: ein Honorar von *9,9 % des Nettoladenverkaufspreises gemäß Absatz 1*; dazuhin einen Vorschuß, der bereits auf mein Konto überwiesen war; überdies ein Wohnrecht im Verlagshaus; die Anwesenheits- und Residenzpflicht für die Dauer der Kampagne … Welche Kampagne? Ein Volvo der Luxusklasse mit

Chauffeur für die bevorstehende Lesereise ... Welche Lesereise? Das Recht und die Pflicht des Verlags, öffentliche Lesungen an geeigneten Orten zu veranstalten. Die ständige und umfassende Betreuung des Autors während der Tourneen etc. *Veränderungen im Erscheinungsbild des Autors bedürfen der Zustimmung des Verlags.* Das Verlagsrecht und die Verlagspflicht, geeignete Maßnahmen durchzuführen zur künstlerischen Vorbereitung des Autors auf Lesungen und sonstige öffentliche Auftritte: *Erstens Sprecherziehung, zweitens medizinische Versorgung, drittens Kleidungsbeschaffung, viertens sonstige Betreuung* ... Das Verlagsrecht, an dem Werk geeignete Veränderungen vorzunehmen. Die Verlagspflicht, juristische Angriffe gegen den Autor (Urheberrechte, Persönlichkeitsrechte etc.) gemeinsam abzuwehren. Das Recht des Verlags, den Autor auch ohne dessen ausdrückliche Anweisung als Urheber des Werkes auszuweisen. *§ 5. Der Verlag unterrichtet den Autor – ohne eine Rechtspflicht zu übernehmen – unaufgefordert über erfolgte Veränderungen.* Die Vertraulichkeit bestimmter Bestimmungen ... Sie erklärten mir: Die Nichtigkeit oder Unwirksamkeit einzelner Bestimmungen des Vertrages berührten die Gültigkeit der übrigen Bestimmungen nicht. Sie deuteten auf die Prägesiegel auf jedem einzelnen cremefarbenen Bogen. Sie zeigten auf die Unterschrift auf der letzten Seite, Calmunds Schrift, neben der ich unterzeichnen sollte. Sie gratulierten mir. Sie reichten mir ein Telegramm von Dolm, auf dem nur ein einziges großbuchstabiertes Wort stand: *GRATULIERE!* Sie öffneten eine Flasche Sekt, stießen auf mich und die Zusammenarbeit an, nicht nur die Anwesenden im Zimmer, sondern auch die Stimmen auf der anderen Seite des Verlags, die telefonisch auf mein Wohl tranken ... Prost Vašiček!

* * *

Ich solle mir keine Sorgen machen. K.i.K. kenne sich aus. »Wir wissen, was wir tun.« Man brachte mir ein Lexikon. Ein Literaturlexikon aus dem Büro von Dolm. Ich sollte unter dem Buchstaben A nachlesen: *Autor, der* sowie *Autor, Tod des ... Idee wonach Bücher keinen einzelnen, identifizierbaren, wirklichen Autor mehr haben – Kritik am bürgerlichen Individualismus – und daß die Absichten des Autors für die Bedeutung eines Werks keine Rolle mehr spielen ... Siehe Tod des Romans, Tod des Subjekts und ähnliche Fälle* ... Mein Fall sei kein Präzedenzfall.

* * *

Buchstabe D: Dezisionismus, der; – die Geltung einer Entscheidung, die unabhängig von der Richtigkeit ihres Inhalts besteht. Aus dem Nichts geboren, schneidet sie, nachdem sie einmal getroffen worden ist, jede weitere Diskussion darüber, ob noch Zweifel bestehen können, ab.

* * *

Ich wurde geweckt. Wie gut mein Englisch sei? Ich wußte es nicht. Ich sollte einige Sätze sagen. Sie wendeten sich ab. Später brachten sie (ohne jedes Geschenkpapier) einen neuen Buchentwurf. Das Gesicht noch größer, der Umschlag immer noch ohne Titel, und auch ohne meinen Namen. Dolm, so die Erklärung, sei mit meinem Namen nicht mehr glücklich gewesen. Der Umschlag bestand nur noch aus meinem ausufernden Gesicht – auf der Rückseite des Buches war mein Hinterhaar.

Mein wortloses Gesicht, ein Aufschrei, der sofortige Gedanke an Vašiček, ein neuer Vašiček, unter anderen Umständen ... So war es geplant. Ein Buchgesicht, bei dessen Anblick das Herz nicht nur höher schlägt, sondern für einen Augenblick stehenbleibt. Das erste Bild eines Autors als reiner Titel. Sonst nichts. K.i.K. Nichts weiter – und mein Gesicht. Jedes Wort sei überflüssig. Im Inneren des Buches sei Sprache zuhauf. Um das Buch herum herrsche die Sprachlosigkeit. Das erste Buch ohne ein äußerliches Wort, selbst in den Verzeichnissen des Buchhandels: mein Gesicht (eine Miniatur) als wortloser Titel. In den Datenbanken der Computer: mein Gesicht, eine wortlose Ikone. Auf den Bestellformularen: nur mein Gesicht und eine Nummer und der Preis. So war es geplant. Ich hörte das Wort Geschichte. »Wir schreiben Geschichte.« Buchgeschichte. Sie ergötzten sich an dem Wort Sprachlosigkeit: die Sprachlosigkeit der Kritiker, die Sprachlosigkeit der Buchhändler, die Sprachlosigkeit der Leser, die keine Worte finden, wenn sie das Buch nur sehen oder wenn sie nach dem Buch nur fragen wollen. Wortlos, wie Kinder, werden sie auf das Buch zeigen – eine stammelnde Pantomime der Sprachlosigkeit.

Man versicherte mir, es bleibe bei 777 Seiten. Die Endfassung stehe kurz vor der Vollendung. Sie deuteten auf den Klappentext. Eine weitere Neuigkeit des neuen Entwurfs war der Klappentext. Dort stand nur ein einziger Satz: *lebt und schreibt in New York …* Sonst nichts. Der einzige Satz der gesamten Titelei: *lebt und schreibt in New York …*

* * *

Lebt und schreibt in New York. Ich war nie in New York gewesen. »Brooklyn, New York«, erklärte mir Dolms Assistentin. Dolms Idee. Seine Stadt, seine Entdeckung, seine Liebe, sein Gefühl … Auch Vašičeks Stadt. New York sei eine höhere Form des Pseudonyms, ein Kunstgriff, ein Künstlername wie Jack London oder Bo Hamburger … Eine Stadt, in der man nie gelebt hat, sei wie ein Künstlername: New York ein hochgesteigerter Künstlername und auch eine Künstlerstadt. Nun auch meine Stadt. Lebt und schreibt in New York. »Warum nicht?« Sie sprach über meine Bedenken hinweg. »Literatur ist Fiktion!« Der Klappentext sei Teil eines Kunstwerks. Warum sollte ich nicht in New York leben können? Sie nannte zahllose Beispiele. Ich wußte gegen diese Beispiele kaum etwas einzuwenden. Ich fand keinen wirklichen Grund, warum ich nicht in New York leben könnte – außer dem Grund, daß ich eben nicht in New York lebte und auch nie dort leben wollte. Sie nannte diesen Grund einen dummen Grund. Mein Englisch. Wie sollte ich in New York leben und schreiben, wenn ich kaum Englisch konnte. Ihre Antwort: »Nicht alle, die in New York leben, sprechen Englisch.« Sie nannte mir etliche Beispiele. »Wenn dies auffliegen sollte …« Ihre Antwort: »Es leben mehr als 10 Millionen Menschen in New York! Wie soll das auffliegen!« Ich hatte nicht die geringste Vorstellung oder Ahnung von New York. Sie antwortete: »Keiner kennt New York, auch kein New Yorker.« Dolm habe sich umgesehen, in meiner Gegend, in meiner Straße. Er habe ein Zimmer gemietet, ein Zimmer für mich, unter Vašičeks Namen. Er habe neue Autoren entdeckt. Er habe Manuskripte und Rechte gekauft. Er habe einen Verlag gekauft. Sie brachte mir einen Reiseführer und einen Bildband. Dazu Lernmaterial: *American English For Beginners* auf Tonkassetten. »I am from *Nuuu Yooork* …« Ich sprach diesen Satz immer wieder nach. Vielmehr: Ich nuschelte ihn nach – geradezu weinerlich. Man spricht einen solchen Satz mit wunden Lippen, als wäre man soeben geschlagen worden oder als hätte man einige Zähne verloren. »I am from *Nuuu Yooork* …« Ich aus New York. Ein Europäer in New York. Manhattan, Battery Park, Coney Island, China Town, Brooklyn. Ja, Brooklyn. Meine Adresse: Clarendon Road, Brooklyn, New York.

»My fidelity, my identity, my one and only one, is *Nuuu Yooork …«* Ein Schriftsteller in New York. Welch ein Ereignis! Welch Leistung! »An Englishman in *Nuuu Yooork …«* Peter Vašiček in New York. Deutsch-tschechischer Vašiček in New York. Notiz: *Warum kein armenisch-griechischer Vašiček? Oder litauisch-zypriotischer Nemec? Warum nicht der uneheliche Sohn einer jamaikanisch-lesbisch-verfolgten-behinderten Rollstuhlfahrerin?* Voraussichtliche Gegennotiz des Lektorats: *Bitte streichen oder umformulieren! Nicht übertreiben!*

* * *

Immer neue Sprachregelungen mein Gesicht betreffend: Der Verlag habe das Recht und die Pflicht, den Autor auch ohne dessen ausdrückliche Anweisung als Urheber des Werkes auszuweisen, auch dann, wenn der Name nicht mehr auf dem Umschlag erscheine. Sollte ich nun gegenteilige Verfügungen treffen wollen, dann wäre es möglich, andere Regelungen zu finden: Ich sei nicht Urheber, aber Autor *des Gesichts*, selbst wenn das Gesicht nicht als Titel, sondern nur als Gesicht auf dem Buch erscheine. Anders formuliert: Nicht ich, sondern mein Gesicht sei Autor des Buches. Meine Autorenschaft äußere sich demnach als titel- und namenloses Gesicht auf dem Buch sowie als Person öffentlicher Lesungen. Titel (mein Gesicht), Gesicht (ohne Titel), Buch (mit meinem Gesicht, aber ohne meinen Namen) und ich bildeten dann eine unauflösbare Einheit, nach einer alten Fiktion des mittelalterlichen Rechts. Sie erwähnten die Abhandlung des Ernst Kantorowicz, *The King's Two Bodies*, der König als sterblicher und als unsterblicher Körper. So wie Jesus Christus.

* * *

Wie zu meiner Beruhigung: Ich solle das Manuskript erst einmal durchlesen. Welches Manuskript? Ungläubiges Entsetzen am anderen Ende der Leitung: »Das Manuskript!« Das Manuskript, das man mir schon vor Tagen zum Lesen gegeben hatte. »Ach so.« Ich suchte es auf meinem Nachttisch. Bestürzung in der Stimme: »Wo ist das Manuskript?« Es lag unter meinem Bett. »Haben Sie es gefunden?« Nach einigem Suchen konnte ich es finden. »Und? Ihr Eindruck?« Mein Eindruck? »Haben Sie es gelesen?« Ich hatte versucht darin zu lesen. »Sie sollten es lesen!«

Ich las die erste Seite. Dann räumte ich mein Bett auf. Später putzte ich mir die Zähne. Das riesige Konvolut lag schwer auf meinem Schoß. Ich setzte mich aufrecht hin und las weiter. Ich versuchte es. Verlor den Faden, starrte durch die Zeilen hindurch, rutschte mit meinem Kopf nach unten, wurde schläfrig ... Das Geklingel des Telefons schreckte mich hoch: »Und?« Als ob sie es kaum erwarten könnten: Eine erste Reaktion. Mein Eindruck. Mein Urteil. Wie weit ich gekommen sei? Bis Seite 20. Ich spürte, daß dies enttäuschend war. In Wahrheit war ich noch auf Seite 7.

Ich blätterte eine Seite zurück und las nun ernsthaft bemüht, von Anfang an, nicht mehr beiläufig schmökernd, sondern Zeile für Zeile ... Ich las gemächlich gleitend. Ich glitt mit meinem Kopf immer mehr nach unten, spürte eine rhythmische Art der Sätze, die sich fortspannen, bis ich plötzlich hochschreckte – offensichtlich schlafend. Der Rhythmus endete immer wieder im Schlaf ... Ich bestellte einen Kaffee ... Ich bastelte Lesezeichen ... Ich las die ersten Zeilen nochmals laut. Ich konnte mich kaum verstehen. Meine Stimme war wie ein unverständlicher Lehrer in einer endlosen Schulstunde. Das also war das Manuskript – ohne den Namen eines Autors – ohne Titel – mit unverständlichen Kürzeln versehen – Lektoratszeichen – ansonsten – sagte man mir – herrsche Sprache – nichts als Sprache – ein konzertiertes Sprachwerk – aus dem Innersten im Inneren von K.i.K.

Es hätte mir geholfen, wenn die Sätze verständlicher gewesen wären. Wenn ich glaubte, etwas zu verstehen, war die Erleichterung derart groß, daß ich mich streckte und räkelte und eine halbe Stunde schlief. Mit weit aufgerissenen Augen las ich weiter ... Beim Lesen überkam mich die Befürchtung, man könnte mich fragen, was ich gelesen habe. Das fragte ich mich selbst. Ich setzte mich auf und fragte mich laut: Was habe ich gelesen? Ich konzentrierte mich auf einzelne Sätze, die ich mit einem Lineal unterlegte. Mitten im Satz gingen mir diese Sätze verloren. Ich schrieb meine Erinnerungsruinen meiner Bettlägerigkeit zu. Es war auch, wie ich nun merkte, Jahre her, daß ich irgend etwas gelesen hatte. Später legte ich mir auf dem Leintuch Erinnerungspunkte zurecht, die an Dinge erinnerten, die beim nochmaligen Lesen nicht mehr zu finden waren. Oder wenn ich etwas fand, dann waren die Erinnerungspunkte (Brotkrümel vom Frühstück) unverständlich, verrückt oder auf den Boden gefallen. Wenn ich mich entspannte, dann wurde ich schläfrig, wenn ich mich mit weit aufgerissenen Augen versuchte zu konzentrieren, dann wurde ich zappelig. Und wieder klingelte das Telefon: »Und?« »Na?« Mit spitzen, kurzen Worten drängten sie mich zu Kommentaren. Sie erwarteten Lob und Begeisterung. Sie erwarteten einen berstenden Staudamm überschäumender Freude: atemlose Lesefreuden, die ich endlich aus mir herauslassen sollte. Sie gebärdeten sich ungehaltener als Autoren. Sie, die Autoren; ich, nun wie ein Lektor. Ich gab mir die allergrößte Mühe. Ich saß aufrecht bemüht. Ich nahm mir Zeit. Sie warteten. Ich gab ausweichende Antworten. Ich schob alles auf mich, sprach das Manuskript von jeder Schuld frei ... Sie wirkten verstimmt, wenn nicht erbost. Meine gespielte Gleichgültigkeit sei wenig hilfreich. Als ob ich sie und den ganzen Verlag mit meinen Leseschwierigkeiten beleidigen würde. »Es ist schon ein wenig traurig ...«, hörte ich sie sagen. Was ich gegen den Text einzuwenden hätte? Nichts! Ich hatte ja nur wenige Seiten gelesen. »Dann lesen Sie weiter!«

* * *

Früher als sonst wurde ich geweckt, sollte mich anziehen und aufrecht am Tisch sitzend dem Bett fernbleiben und lesen, hatte den Eindruck, nicht eher ins Bett zu dürfen, als bis ich einige Dutzend Seiten gelesen hatte. Ich döste im Sitzen vor mich hin, das Manuskript deutlich vor mir, sollte man mich von der anderen Seite aus beobachten. Nach jedem Abschnitt nickte ich zum Fenster. Manchmal nickte ich ein, blätterte dann hastig um, spürte den Wind der neuen Seite, versuchte mich an ein oder zwei Worte zu hängen, die mich stehen ließen. Sie ließen mich stehen oder sie waren nicht mehr zu finden, auch wenn ich eine Seite nochmals las, nicht nur von oben nach unten, sondern auch von unten nach oben. Ich dachte an meine eigenen Manuskripte, die ich im Geiste, über den Verlagstext hinweglesend, las. Ich lachte offen Richtung Fenster. An den gegenüberliegenden Fenstern glaubte ich Köpfe zu sehen. Ich schaute unauffällig auf die Uhr, nicht einmal 10 Uhr, und schaute wieder auf das Manuskript, nicht einmal Seite 30, las ruckartig weiter, erlahmte schon nach wenigen Zeilen, verschlief kopfnickend einige Seiten, wußte nicht mehr, auf welcher Seite ich eingedämmert war, war auf Seite 27 wieder wach, zwang mich, wenigstens einzelne Wörter zu lesen, konstruierte daraus kurze Botschaften: *Eine Wiese, ein Pendel, und doch kein Pendel …*

Ich saß wie in einem Zug, in einem Frühzug auf dem Weg zur Arbeit, stierte auf die Buchstaben als schaute ich starrblickend aus einem Zugfenster, Dolm vor Augen. Dolm war anscheinend ein ausgezeichneter

Leser, ein Schnelleser, kann bis zu vier Seiten pro Minute lesen: »Er liest noch schneller als er spricht.« Das Geklingel des Telefons war nun eine Erleichterung, wie eine Schulklingel, die zur Pause läutete. Ob man mich beim Lesen störe? Ich verneinte lebhaft. Ob ich etwas entdeckt hätte? »Eine Wiese und ein Pendel.« Ob ich Fehler entdeckt hätte? Welche Fehler? Tippfehler, Sprachfehler, Stilfehler, Satzbaufehler, Handlungsfehler, Kommafehler, logische Fehler, inhaltliche Fehler, Charakterfehler ... Ich wußte nicht ... »Es gibt keine Fehler!« Fast schreiend: »Der Text hat keine Fehler!« Als ob ich dies je behauptet hätte. Selbst Calmund habe keinen Fehler gefunden. Nicht einmal ein Komma konnte er zurückweisen, nicht einmal ein Komma ...

Ich erinnerte mich, wie ich vor Jahren, als Jugendlicher, ein Buch gelesen hatte (war es Pursewarden?), in dem geschrieben stand: *Bald zeigten mir schon die ersten Worte eines Buches die Wesensart eines Sprechenden. Ich wollte gleich von ihm angerührt werden, wollte gleich seine Glut und innere Überzeugung erfahren. Lange Umschreibungen machten mich ungeduldig. Ich wollte gleich mitten in das Erlebnis hineingerissen werden, wollte gleich wissen, um was es ging.* Ich teilte dies der anderen Seite telefonisch mit. Sie waren begeistert: »Fantastisch!« »Endlich!« »Er hat verstanden!« »Er hat angefangen zu lesen!« Ich wurde weiterverbunden. Und zurückgerufen. »Wir wußten es! Es war nur eine Frage der Zeit! Man kann das Buch nicht mehr aus der Hand legen!« Ihre überdrehte Erleichterung war derart, als hätten sie alle gemeinsam an dem schweren Brocken auf meinem Bett geschrieben.

Ich fand nirgendwo die Wesensart eines Sprechenden, kein Ich, kein Du, kein Er, keine Sie ..., nicht einmal ein Tier. Es wurde überhaupt nicht gesprochen, weder zu mir, noch zu irgend jemandem sonst. Ich starrte in menschenleere Sätze. Ein entferntes Taxi war das menschlichste auf den ersten 50 Seiten. Es kehrte nie mehr wieder. Ein Platzregen, der wie eine Erleichterung losbrach, war nichts anderes als ein Platzregen, ohne eine Bedeutung, ohne jemanden naß zu machen, ohne letztendlich ein Platzregen sein zu wollen, oder sein zu können, da er nur ein Wort ist (wie Platzpatronen), das auf andere Wörter verweist, die auf andere Wörter verweisen, und so weiter, ohne dies mit klaren Worten (oder mit irgendwelchen Worten) ausdrücken zu wollen oder zu können ... Warum schreiben sie es dann? Je länger ich den Platzregen studierte, um so deutlich wurde mir, daß dies gar nicht geschrieben wurde, sondern etwas anderes, das ich sogleich wieder vergaß ... Einzelne Sätze untersuchte ich wie Mathematikaufgaben oder Kriminalfälle. Ich fragte mich: Wer? Was? Wo? (Kein Wort von New York. Keine Andeutungen eines Gesichts.) Wie? Wann? Warum? (Ich fand keinen einzigen Grund.) Wodurch? Wovon? Wozu? Wohin? (Es ging nirgendwohin.) Ich ersetzte diese Fragen durch mathematische Buchstaben, wollte mich durch Inhalte nicht mehr länger einschläfern lassen: Wer X? Wann Y? Warum Z? Doch es kamen immer neue Buchstaben auf. Ich fand kaum Antworten. Im

Gegenteil: Es war nicht der, es war nicht das, es war nicht dort, es war selten dann, und auch nicht später … Es war nicht einmal es, sondern immer etwas anderes. Es war meistens nicht oder nichts oder nicht nicht oder nicht nichts oder gar nichts …

* * *

Dolms Assistentin am Telefon: »Haben Sie sich mit dem Text angefreundet?« Ich nickte heftig, versicherte ihr, Text und ich seien unzertrennliche Freunde. Ich erwähnte, um inhaltlichen Fragen zuvorzukommen, den Platzregen … Sie wollte nichts davon hören. »Jeder liest etwas anderes heraus.« Es sei nicht nötig (und auch nicht möglich), ein solches Buch zu beschreiben. Ich stimmte ihr zu. »Es ist einfach da.« In der Tat. »Fraglos, unabwendbar, unabdingbar …« Wie Menschen. Der Text sei nur der Anlaß. Er wolle und dürfe die Aufmerksamkeit nicht auf sich selbst lenken. »Es geht um den lebendigen Autor.« Es handle sich um ein stilles, in sich gekehrtes Buch, ein lyrischer Monolog – ohne Ende. Es verbreite keine Botschaften oder Rechtfertigungen. Es verzichte auf Handlungen, Dialoge oder Beschreibungen. Es kenne weder Stimmigkeiten noch Unstimmigkeiten. Es sei weder allzu sinnig noch unsinnig. Es mache keine Fehler. Es schütze sich vor sich selbst. Und es schütze auch mich … Es sei gegen Angriffe und Anfeindungen immun. Sie sprach wie eine Immunbiologin. »Das Buch ist nur der innere Rahmen.« Der Rahmen für mein Gesicht. Es verhalte sich mir gegenüber so neutral wie möglich. Es halte uns alle Möglichkeiten offen. So jedenfalls verstand ich sie, die immer schneller sprach … »Das perfekteste Buch wäre das, das man unbedingt schreiben sollte, aber niemals schrieb. Wir haben dieses Buch geschrieben.« Jedes Buch sei eine potentielle Gefahr, vor allem eine Gefahr für sich selbst … »Wir wollten keine Fehler machen.« Ein gutes Buch habe immer etwas Stilles und Abwesendes. Es sei nicht es selbst, noch etwas anderes. Es sei unfaßbar, durch keine Kritik der Welt mehr zu fassen, unfaßbar und neutral … Als wäre dieses Buch die Schweiz … Sie lobte mich für meinen Einsatz und meine Bereitschaft, das Manuskript nun doch zu lesen, *das* Manuskript *des* Buches, das bereits im Druck sei, das bald ausgeliefert werde, das ich nun las … Sie sprach von mir und *dem* Buch, als wäre ich mit ihm verwachsen, als käme ich nie wieder aus dem Buch heraus, Buch und ich: ein und dieselbe Sache. Ich und das Buch, das Buch und ich … Mein Buch? »Ja, Ihr Buch, unser Buch und ein wenig auch mein Buch.«

* * *

»Sprechen Sie deutlicher! Man versteht Sie kaum. Wir werden das noch üben!« Oder: »Wir haben das doch so oft durchgesprochen.« Ich sollte weiterlesen, noch

15 Seiten bis zum Abendessen. Das Buchstabengebäck, das man mir brachte, verstand ich als Aufmunterung. Nach jedem Satz aß ich einen Buchstaben. Wieder klingelte das Telefon. Eine Frau bat mich, ihr laut vorzulesen. »Lesen Sie bitte!« Am Telefon? »Ja, bitte telefonisch.« Also fing ich an zu lesen. Sie unterbrach mich schon nach einem Satz. »Ooojeee!« Wie bitte? »Ooojeee!« Sie konferierte mit einigen Stimmen im Hintergrund. Dann war ihre Stimme wieder überdeutlich am Telefon. »Lesen Sie weiter!« Ich las weiter. Noch während ich las, hörte ich, wie sie, nicht in den Hörer, sondern in das ganze Zimmer (dort wohl zahlreiche Zuhörer) rief: »Hören Sie? Man versteht ihn kaum.« Dann wieder zu mir: »Wir sprechen uns noch!«

Am nächsten Morgen war sie wieder am Telefon. Und auch am Morgen darauf. Jeden Morgen meldete sie sich, meine Sprecherzieherin, Frau Professor Kirsten, jeden Morgen war sie am Telefon. Ihre Strenge rechtfertigte sie mit dem Verweis auf die bevorstehenden Lesungen. Sie sprach und duldete kein persönliches Wort. Wie eine Turnlehrerin wies sie mich an, meinen Mund zu bewegen, schneller, höher, weiter … »*Ah*, *Oha*, *Oje*, *Ach*.« Ich sollte ihr nachsprechen. Ihre Stimme wurde immer lauter und schmerzhafter. »*Ach!*« Eine Art sprachlicher Morgengymnastik. »*Ach!*« Ihre Achs gingen gegen mein Ohr wie die schnaubenden Stöße eines Kampfsportlers. Beinahe hätte ich den Hörer fallen gelassen.

»*Ach!* Sprechen Sie! *Ach!*«

»Aaaa …« Ich hatte Halsschmerzen …

»*Ach ich …*«

»Ah ich …«

»*Ach ich fließe aus …*«

»Ah ich fliehe aus …«

»*Fließe aus*!«

Ihr scharfes S wie ein fuchtelndes Messer an meinem Trommelfell. Ob ich denn kein Interesse daran hätte, verstanden zu werden. Ich würde sprechen wie eine Waschmaschine. »Ein Schriftsteller muß sprechen können!« Meine belegte Zunge ließ sie nicht gelten. »Denken Sie an die Lesungen!« Sie hielt meine Sprachfehler für so zahlreich, wenn nicht endlos, daß sie nicht wußte, wo anfangen … Sie begann mit den Plosiven: »*Pfui! Pah! Pech! Pfui!*« Wie Hundegebell kam es aus dem Hörer. »*Pfui! Pah! Pech! Pfui!*« Meine P's waren angeblich viel zu schwach, ohne Zug und Luft, nicht einmal ein Lüftchen, eine Flaute … »Abgestandene Luft!« Abgestandene Luft auch die B's; das Z kaum zu hören, allenfalls als lispelndes S … Ganz schlimm die Buchstaben D und T. Die T's sprach ich wie D's, die D's wie T's.

Der Unterricht fand aus gutem Grund telefonisch statt. Sie wollte sich ganz auf meine Stimme konzentrieren. Später, am Mittag, kam sie persönlich. Sie brachte Korken, Brausepulver und Mundwasser. Sie übte mit mir den Buchstaben R. Er war nicht zu hören, schien in meinem Mund gar nicht existent.

»Sprechen Sie! *Kummerkrank kauernd …*«

»Wie bitte?«

»*Kummerkrank kauernd.* Versuchen Sie es!«

Ich versuchte es.

Ohne Erfolg.

Die nächste Übung: »*Da du dir doch den Dank durchdacht, den Dido durch den Dolch dort duldet.* Sprechen Sie!«

Ich konnte es nicht.

»*Da du dir doch den Dank durchdacht, den Dido durch den Dolch dort duldet.*«

Sie reichte einen Korken, den ich zwischen die Zähne stecken sollte.

Ich verschluckte mich an meiner Spucke.

Sie wischte meinen Mund.

Die nächste Übung: »*Es todet und donnert und dottert.*«

Ich verschluckte beinahe den Korken.

»*Es todet und donnert und dottert.*«

Ich räumte ein, daß ich die letzten Jahre nur selten gesprochen hatte.

»Wie bitte? Wie bitte?«

»Ich habe nur selten gesprochen.«

Manchmal hörte ich helle Zustimmung: »Gut! Genau!« Dann klang ihre Stimme wieder hoffnungslos. Ich sollte meinen Namen sagen, noch mal und noch mal. Wenn ich einen Korken aushustete, dann steckte sie mir neue, immer größere zwischen die Zähne. Sie hetzte meine Zunge kreuz und quer durch den Mund: Zwanzig Mal mit der Zunge zum Gaumen, ein D, ein T, und wieder runter ..., D, T, DDT, und wieder runter. »*Zwischen zwanzig zwitschernden Schwalben zwirbeln zwiebelnd zwickende Zwirne* ... Sprechen Sie!«

Mit einem Tonbandgerät zeichnete sie meine Sprechübungen auf und spielte sie wieder ab: »Hören Sie!« Und ich hörte meine Z's als S: *»Swischen swanzig switschernden Schwalben swirbeln swiebelnd swickende Swirne* …« Manchmal wirkte sie entnervt: Meine Zunge viel zu lahm, ohne Elan, ohne Ziel, wie ein verschrumpelter Schlauch. »Zunge!« Ich sollte sie rausstrecken. Brausepulver auf die Zunge. Gut für die Durchblutung und das Gefühl. Ich konnte Zunge nicht einmal aussprechen. Ich sprach Zunge wie Lunge. »Sprechen Sie! Ein Schriftsteller muß sprechen können!« Ich hatte Muskelkater. »Wie bitte?« Muskelkater in der Zunge. »Wie bitte?«

Einmal sagte sie, meine Sprache sei eine Krankheit, nicht nur die Folge dieser oder jener Krankheit, sondern eine eigene Krankheit. Meine Stimme sei, wenn auch nicht unrettbar, so doch zu schwach, um jemals einen Raum ausfüllen zu können. Sie bildete mich daher am Telefon zu einer Telefonstimme aus. Eine Telefonstimme sei durchaus erreichbar. Bei Lesungen sollte ich wie in ein Telefon sprechen, als wäre ich gar nicht da, sondern noch in Amerika, *long-distance call*, durchaus leise und mit schwacher Stimme gesprochen, so als wäre die Leitung schlecht. Tontechniker würden meine verwaschene Aussprache einer rauschenden und knackenden Leitung anlasten. Sie gab mir Hausaufgaben: Korken, Brausepulver und Mundwasser. Dreimal am Tag sollte ich ihr eine Nachricht auf dem Anrufbeantworter hinterlassen. Und ich wurde zurückgerufen. Nächste Hausaufgabe: Ich sollte einzelne

Abschnitte des Manuskriptes auf den Anrufbeantworter lesen. Und ich wurde zurückgerufen …

Langsam wurde sie freundlicher, besonders mit dem Beginn des Englischunterrichts.

»I'm from New York!«

»Say it again!«

»I'm from New York.«

Mein Genäsel und Genuschel gefiel ihr nun. Sie mochte es, wie ich New York aussprach: *Nuuu Yooork*, als wäre mein Mund taub und wund, kaum anders als ein echter New Yorker. *Nuuu Yooork*, wie ein einziges quengelndes Wort gesprochen.

Sie war begeistert.

»I'm from *Nuuu Yooork.*«

Im Hintergrund hörte ich erregte Zustimmung. Ich glaubte auch die Stimme (oder vielmehr die Begeisterung) von Dolm zu vernehmen.

»Which part of New York?«

»Clarendon Road, Brooklyn, Nuuu Yooork …«

Ich selbst hörte, je öfter ich aus dem Manuskript vorlas, meinen New Yorker Akzent, zunächst nur an einzelnen Stellen, dann immer durchgehender. Der New Yorker Akzent machte vieles leichter und erträglicher. Meine Sprachfehler konnten nun den Fehlern des Amerikanischen angelastet werden. Es war nun möglich, seitenlang zu lesen, ohne zu ermüden oder von der Professorin unterbrochen zu werden. Ich hörte keinen Widerspruch, nur hin und wieder ein aufmunterndes »That's it!« Sie hatte nichts einzuwenden. Meine näselnd-quengelnd-schlurfende Stimme hatte nun einen guten Grund. So konnte ich sprechen. So sollte ich sprechen. Sie sprach sogar von Talent. Bereits meine ganze Art und Mundform sei amerikanisch. Ich sei viel amerikanischer als ich glaubte. Viel mehr Amerikaner als Deutscher. Auch wenn ich nur deutsch mit amerikanischem Akzent sprach. Ich sollte nur noch so sprechen und weitersprechen. »Come on!« Sie konnte mir nun stundenlang zuhören. »Come on! Go on!« Sie sprach englisch, während ich auf deutsch, aber mit New Yorker Telefonstimme weiterlas.

* * *

Ich studierte den New Yorker Stadtplan, in dem meine Wohnung, meine Stammkneipe, meine frühere Schule, mein Schulweg und vieles mehr eingezeichnet war. Ich hörte Radio AFN …

* * *

Eines Morgens hörte ich Posaunenspiel, dann das Öffnen und Zuschlagen schwerer Autotüren. Von meinem Bett aus war eine flatternde K.i.K. Fahne zu sehen. Später hörte ich Stimmen, Gelächter und den Applaus einer Feier … Das Personal war anders angezogen als sonst und wirkte auch feierlicher. Sie brachten mir ein gigantisches Frühstück. Später fragte ich einen Kellner nach der Stille im ganzen Haus. Er flüsterte: »Es ist Calmunds Geburtstag. Sein 240. Geburtstag.« Wie bitte? Doch er blieb ganz ernst und erklärte: »Der 240. Geburtstag des alten Calmund, des Ururgroßvaters des jetzigen Calmund.«

* * *

Das Buch, nicht irgendein Buch, sondern *das Buch. The book!* Auch das Zimmerpersonal blickte durch das Fenster nach drüben, zur Verlagsseite, in fieberhafter Erwartung. Die Schornsteine auf der anderen Straßenseite schienen zu rauchen, nur für *das Buch* … Sie hörten auf Geräusche von der Straße, als hörte man sie bereits, die Druckmaschinen … Sie druckten *das Buch* …

Wie wenn man alles auf eine Karte setzen würde, auf dieses Buch. Wie wenn sich mit einem gewaltigen Paukenschlag vieles wenden würde, mit diesem Buch.

* * *

Arztbesuch: Er maß Blutdruck und Puls, klopfte mich ab, stellte mir Fragen, hörte mich ab, ließ mich husten, ließ mich aufstehen. Ich sollte Kniebeugen machen.

Er nickte zustimmend. Er rollte eine Karte aus, die er ans Fenster hängte. Ich sollte Zahlen und Buchstaben entziffern. Er erklärte meine Augen für gut. Er untersuchte meinen Rachen, besonders die Stimmbänder. Er ließ mich sprechen. Erklärte meine Stimme für gut. Machte weitere Untersuchungen. Telefonierte noch von meinem Zimmer aus nach drüben und erklärte mich für gesund.

* * *

Fast beiläufig wurde *das Buch* – ein Vorabexemplar – auf mein Bett gelegt, ein Buch ohne Titel, ohne Namen, ohne Erklärungen, ohne ein einziges Wort auf der Frontseite des durchsichtigen Umschlags. Nur mein Gesicht. Auf der Rückseite mein Haar … Als Klappentext die Worte: *lebt und schreibt in New York*. Sonst nichts.

* * *

Dolms Assistentin rief mich an: »Na?! Was sagen Sie?« Sie lachte. Sie sagte, daß das Buch demnächst herauskommen werde, nicht nur das Buch, sondern auch ich selbst: herauskommen! Raus aus dem Zimmer, raus aus dem Gästehaus, raus auf die Straße, raus ins Land …

»Wir alle müssen dringend hier raus.« Das Buch: »Bald ist es fertig.« Man habe die Auflage noch einmal erhöht. »Zu Recht! Wir sind uns ganz sicher.« Das Buch die Summe allen verlegerischen Wissens. »Alles ist möglich nach diesem Buch. Alles!« Sie bezog auch mich in diese Möglichkeiten mit ein. Auch meine Manuskripte. »Alles wird man nach diesem Buch veröffentlichen können. Alles!«

* * *

»Manchmal«, sagte sie später am Abend, »manchmal halte ich das Buch in der Hand und betrachte es von allen Seiten. Es sieht so aus wie ein Buch. Es fühlt sich so an. Es riecht sogar wie ein Buch. Und wenn man es aufschlägt, kann man sogar darin lesen ...«

* * *

»Öffnen Sie das Buch auf Seite 123.« Ich öffnete das Buch auf Seite 123. »Sehen Sie den Satz: *Es ist nichts.* Streichen Sie den Satz an.« Ich strich ihn mit einem Bleistift an. »Gehen Sie nun zu Seite 169.« Ich suchte Seite 169. »Sehen Sie den Satz: *Nichts weiter.*« Es war nicht leicht, ihn zu finden. Nirgendwo im Buch gibt es Paragraphen, an denen man sich orientieren könnte.

Keine Kapitel, keine Abschnitte, keine Leerzeilen, keine Einrückungen, keinen Ruhepunkt, an dem man Luft holen oder das Buch zur Seite legen könnte. »Das soll man auch nicht«, sagte Dolms Assistentin. Bereits in dieser Hinsicht zieht sich das Buch hin wie eine endlose Wurst. Dolms Idee. Das Buch ein einziger, durchgehender Wurf. Man kann es im wahrsten Sinne nicht mehr aus der Hand legen. Der Daumen ein ständiges Lesezeichen. »Sehen Sie den Satz?« Schließlich sah ich ihn. Elfte Zeile von unten: *Nichts weiter*. Ich sollte mir auch diesen Satz anstreichen. »Bei Lesungen lesen Sie von Seite 123: *Es ist nichts*, bis Seite 169: *Nichts weiter.*«

* * *

Nachts klingelte das Telefon. Jemand fragte: »Wissen Sie wieviel Uhr es ist?« Ich hatte keine Ahnung. »Es ist 6 Uhr. Seit 5.45 Uhr wird ausgeliefert. Hören Sie!?« Ich hörte Lastwagenmotoren. Das Blaulicht des sich drehenden K-Sterns leuchtete noch über meine Bettdecke. Draußen war es dunkel. »Hören Sie!?« Ich hörte das Schlagen von Türen und Toren. Ich hörte Pfiffe, Zurufe und Klingeln, das Gesurre von Gabelstaplern. Ein erster Lastwagen setzte sich in Bewegung. »Hören Sie!?« Ich hörte. Die aufbrausende Art des Lastwagens gefiel mir. Der Motor dröhnte im Ton eines gewaltigen Militärlasters, der weiß, daß er nicht alleine bleiben wird, daß ihm andere folgen werden, daß er nur der Anfang ist ... Mit jedem höheren Gang, den der Laster (für Sekunden stockend) einlegte, steigerte sich das Pfeifen des Motors zu einem heulenden, langgezogenen Dauerton, der erst Straßen später verstummte ...

Ich kuschelte mich ins Bett, als hätte ich mit all dem nichts zu tun. Es folgte der nächste Laster ..., und der nächste ... Ich eilte zum Fenster und sah noch das Hinterteil eines Kastenwagens: auf den Türflügeln mein Gesicht.

* * *

Bis zum Frühstück lag ich wach und lauschte den Motorengeräuschen auf der Straße. Es waren fast nur Lastwagen unterwegs. Sie fuhren alle in dieselbe Richtung. Sie schienen alle miteinander verbunden und in derselben Angelegenheit unterwegs, und mit derselben Ladung ... Der erste Lastwagen nur der Auftakt eines umfassenden Aufbruchs, eines fast schon militärischen Aufmarsches, eines ewigen Konvois, einer endlosen Bewegung ...

* * *

Jedes Buch, erklärten sie mir, sei eine Kampagne, eine gemeinschaftliche, großangelegte, aber zeitlich begrenzte Aktion. Mein Gesicht: unterwegs als Buch, unterwegs als Foto, unterwegs als Gerücht, unterwegs als Sensation, unterwegs in Buchhandlungen, in Zeitungen, ins Fernsehen, auf die Tische eminenter Kritiker. Die ersten Umfragen seien sehr vielversprechend, besonders die Sonntagsfrage: *Was würden Sie nächsten Sonntag lesen, wenn Sie die Wahl hätten?* Die Antwort wieder und immer wieder: Mein Gesicht.

* * *

Entschieden. Decided. Décidé. Dezisiv-dezidiert-dezisioniert. Dezisionismus ...

* * *

Herr Happe (von der Tourneeabteilung) suchte mich auf. Er öffnete seinen Aktenkoffer, in dem es wie in einem Reisebüro leuchtete. Prospekte und Postkarten fielen auf mein Bett: ein Hotel Römerbad, Hotel Barbarina, Schloß Weitenburg ... Er breitete mehrere Landkarten aus und erklärte mir den Verlauf der Tournee. Die rotlinigen Striche und Pfeile zeigten von Nord nach Süd. Eine Tournee, so Happe, geht von Nord nach Süd. Mit einem Stab deutete er über die Karten. Besonders die ersten Tage einer Tournee seien entscheidend – Tage raumgreifender Vorstöße (so der Plan) von einigen hundert Kilometern: Deutschland in wenigen Tagen umschließend. Gewaltige Pfeile zeigten dies an. Hauptpfeile, von denen Nebenpfeile abgingen, ohne etwas von ihrer Wucht zu verlieren. Ein langgezogener Pfeil folgte dem Rhein von Nord nach Süd – kleinere Nebenpfeile (sehr spitz) in den Schwarzwald pickend –, während der langgezogene Hauptpfeil bis zur Schweizer Grenze ging … Bei Basel ein abrupter Pfeil nach rechts, zum Bodensee. Über Schaffhausen ging ein erster Vorstoß in die Schweiz. An der Grenze noch ein Ruhetag, dann eine blitzartige Anfahrt (bei Nacht) nach Zürich. Dort eine Lesung, ein Hotel, eine Preisverleihung. Danach wieder (so verstand ich den hastigen Pfeil) nach Deutschland zurück, dort in Richtung Bayern, München großlinig umkreisend, um später wieder auf München zurückzukommen. Bestimmte Pfeile teilten sich zu noch größeren Pfeilen, zu umfassenden Zangenbewegungen, als gelte es, ganze Landstriche zu belagern. So jedenfalls verstand ich die Landkarten. Ein kleinerer Nebenpfeil zeigte Richtung Österreich, in einen Brückenkopf über die Vils, wo eine Übernachtung geplant war, um dann später, von Deutschland aus, einem Hauptpfeil folgend, nach Linz und Wien zu stoßen. So jedenfalls verstand ich die vielen Pfeile und Striche: kleinere Städte umgehend, größere Städte umkreisend, auf bestimmte Städte in plötzlichen Wendungen wieder zurückkommend … Manche Nebenpfeile sahen aus wie Seitenhiebe. Andere Linien wirkten gewunden oder richteten sich von verschiedenen Seiten kommend gegen bestimmte Orte (offensichtlich schwierige Orte). Je länger ich die Karten betrachtete, um so mehr verlor ich die Orientierung. Immer unverständlicher wurde mir das Gestrüpp verworrener Pfeile, Striche, Zahlen und Kürzel.

Selbst Flugnummern, Flugzeuge und Flughäfen waren an der Tournee beteiligt. Beginn der Tournee am 24.09. In Frankfurt, am Flughafen. »Ankunft um 8 Uhr morgens«, so Happe. »Mit dem Flugzeug, Flug von New York nach Frankfurt.« Er reichte mir ein Ticket der *Swissair*. Ich war bereits mit dem Taxi auf dem Weg zum Flughafen. So der Tourneeplan. Es war neun Uhr abends – deutscher Zeit – und drei Uhr mittags New Yorker Zeit. In diesem Moment, genau in diesem Moment, während ich noch im Bett lag und mir Happe den Verlauf der Tournee erklärte, war ich schon auf dem Weg zum Flughafen, in New York, mit dem Taxi, von Brooklyn nach John F. Kennedy: einchecken, warten, ein erstes Interview etc. Abflug um 10 Uhr abends. Ankunft in Frankfurt um 9 Uhr morgens. So Happe. Hinter dem Zoll würde ich einen Seitengang gehen, im Gefolge eines Verlagsvertreters; die Presse meidend; in eine Tiefgarage; mit dem Auto zum Verlag. So Happe. Dort ein Arbeitsfrühstück. Keine Interviews! Nur eine Presseerklärung des Verlags. Ich selbst müde und unpäßlich. Die Zeitverschiebung, der Jetlag ... Ich ruhte mich aus. Ich schlief im Gästehaus des Verlags, in eben jenem Bett, in dem ich nun lag, unter Landkarten ruhend ... »Willkommen in Deutschland«, rief Happe, so als wäre ich jetzt soeben zu Bett gegangen. »Besprechung der Tournee«, und er erklärte mir den Verlauf der Tournee. Er, Chef der Tournee- und Leseabteilung, er, ein alter Tourneehase, er selbst habe diesen Verlauf erarbeitet: »Elftausenddreihundertundzwölf Kilometer, 51 Hotelbuchungen, einige hundert Mahlzeiten, 14 Interviews, 5 Preise ...« Er zählte unzählige Orte und Städte auf. Sie waren nur der Anfang. Mein Gesicht war bereits überall plakatiert, oder als Foto in den Zeitungen, oder als Wort in Radioessays, oder als Ankündigung in Veranstaltungskalendern, oder als Geheimtipp und Gerücht ... Die ersten Lesungen seien wie Heimspiele, meinte Happe, teils beruhigend, teils gönnerisch. Er deutete mit seinem ausziehbaren Stab über die Landkarten hinweg, zeigte mir in beiläufigen Bewegungen nur grobe Richtungen an, blieb bei den großen Pfeilen: Jeder dieser Großpfeile bedeutete eine raumgreifende Anfahrt zu einer entscheidenden Lesung, einem Interview, einer Preisverleihung, einem Durchbruch (mancher Pfeil wirkte in der Tat wie ein Durchbruch), einer kurzen Nacht in renommierten Hotels, einer zeitigen Weiterfahrt in mehreren Autos ... In den ersten Tagen zähle jede Stunde ... Der Rest sei Routine, ein Selbstläufer, ein Lauffeuer ... Zu meiner Information: »Eine Tournee geht von Nord nach Süd.« Dies als Regel. Manche Orte sollten mehrere Male angefahren und belesen werden. »Repetition is the mother of education.« Happe sprach tadellos Englisch. Mit Widerstand sei kaum zu rechnen. Als könnten bestimmte Orte Widerstand leisten. Notiz: *Mancher Pfeil wirkte in der Tat wie ein Durchbruch, über die gestrichelten Linien widerspenstiger Orte hindurchstoßend.* »Es gibt keine schwierigen Städte«, versicherte mir Happe. Er erwähnte die Sonntagsfrage. Der Rest, so Happe, sei Routine, ein Gottesdienst (er sagte dies nicht feierlich). Lesungen dieser Ordnung seien Gottesdienste: Ich der Pfarrer, meine Zuhörer Gläubige: gutgläubige Leser, die mir glauben würden, selbst wenn sie den Faden verlieren, was normal sei ... Zuhörer wie Leser seien völlig harmlos. »Lesen macht keinen Lärm.« Ich, das Buch, der Verlag – wir seien unantastbar. Er reichte mir Postkarten, auf denen dampfende Thermalbäder abgebildet waren. Die Thermalbäder gehörten zu Hotels, in denen wir nächtigen würden. Eine Atmosphäre von Reisen und Ferien verbreitete sich in beiläufig gesprochenen Worten und Prospekten, die er aus dem Aktenkoffer zog. Er zeigte mir ein Hotel *Reiterhof*: Vor einer Koppel stand ein strahlendes Mädchen mit Reiterabzeichen. Ich sah bildschöne Frauen in Bikinis (Zuhörerinnen meiner Lesungen?) Ich sah glitzernde Seen: Ammersee, Thunersee, Tegernsee, Titisee ... Die Fotos wurden immer strahlender und mediterraner: Die Kapverdischen Inseln. Oder ein pinienumwachsenes Haus in der Provence. Dort würde ich meinen nächsten Roman schreiben. Frühstück auf der Terrasse; Blick auf Lavendelfelder; sonnenbadende Pausen am Strand; ein Tauchkurs; Spaziergänge auf den Spuren Vincent van Goghs; Interviews am Kamin; Gespräche über Neuauflagen und Übersetzungen. Das

Buch sei wie eine Rente … Später dann immer weitere Lesereisen, durch ganz Europa, bis hin nach Israel. Happe zeigte mir Postkarten vom Toten Meer. Auf einer Postkarte waren Kamele abgebildet, die einem Sonnenuntergang entgegenliefen. Ich sah mich bereits dort, in der Wüste, auf einem der Kamele sitzend: Karawane zu einer Lesung. Happe wünschte mir toi, toi, toi und Gute Nacht. Dann ging er. Ich löschte das Licht und dachte beim Einschlafen an meine gleichzeitige Anreise mit dem Flugzeug von New York nach Frankfurt. Das Flugticket der *Swissair* lag unter meinem Kopfkissen. Notiz für eine Postkarte, die ich gerne schreiben würde, an meine Nachbarn zu Hause, am liebsten die Postkarte mit den Kamelen: *Liebe Nachbarn. Das letzte Kamel auf dem Bild heißt Sarah. Ansonsten geht es mir gut …*

* * *

Frühmorgens wurde ich geweckt. Ich sollte sofort aufstehen. »Das Fernsehen!« Welches Fernsehen? »Das Frühstücksfernsehen.« Es wartete unten. Mehr Personal als je zuvor hastete durch das Zimmer. Ich sollte mich beeilen. Das Telefon klingelte: »Schneller!« Ich duschte mich. Die Wassertropfen auf der Duschkabine spielten keine Rolle. »Das ist ganz egal. Bitte schneller!« Ich trocknete mich ab, zog mich an. Wieder das Telefon: Andere Kleider sollte ich anziehen, ein mit grau-schwarzen Quadraten bedrucktes Hemd, dazu eine engere Hose. »Er soll sich beeilen!« Über das Telefon kamen immer neue Anweisungen: Kämmen! Doch nicht kämmen! Doch wieder kämmen. Keine Rasur. Der Jetlag. Das Flugticket! Ich sollte es an mich nehmen. Ich war noch sehr müde. Ich hatte nichts im Magen. Frühstücksfernsehen. Es gab nicht einmal ein Frühstück. Ich wurde auf den Gang geführt. Hinter mir zog jemand einen quietschenden Koffer. Auf dem Koffer leuchtete ein Aufkleber der *Swissair*. Ich sah meine Adresse (Clarendon Road, Brooklyn, NY 11217), jedoch keinen Namen. Zunächst lief ich gestützt. Links und rechts des Korridors waren Leute, die mir zunickten, mich aufmunterten, mich berührten. Clea stand in einer Ecke. Ich hörte amerikanische Stimmen: »It's him!« Es sprachen zwei Mädchen. »He's coming.« Sie tänzelten hinter einem Kellner hervor. Ihre Brüste bebten vor Aufregung. Mein Gesicht in der Hand der linken. Sie hatte sommersprossige Arme, die ich im Vorbeigehen streifte. Ich entschuldigte mich. Sie entschuldigte sich und errötete. Im Aufzug hörte ich, die beiden seien Au-pairs. Dolm habe sie aus Amerika mitgebracht. Wir fuhren nach unten. Die Aufzugstür öffnete sich mit einer Melodie: Ding, Dang, Dong. Herr Happe nahm mich in Empfang. Er trug meinen Koffer. In der Eingangshalle wartete eine große Menge. Sie verstummte. Ich hörte ein Raunen. Schon hörte ich die ersten Fragen. Happe wiegelte sie ab: »Später, später.« Wir gingen in einen Nebenraum. Dort stand ein Herr von Rottweiler vom Fernsehen, der mich heftig begrüßte, sich bedankte, mir gratulierte …

Die Hand auf meine Schultern gelegt, fragte er mich, ob ich je im Fernsehen war. Ich verneinte. »Nicht schlimm«, rief er beschwichtigend und führte mich im Kreis durchs Zimmer. Eine Frau sollte mich frisch machen und in die Maske nehmen. Die Maske war ein Stuhl, ein Tisch und ein Köfferchen voller Kosmetika.

Happe von hinten: »Bitte keine Maske!«

»Warum nicht?«

Happes Antwort: »Das ist nicht gut.«

Happe telefonierte. Aus dem Telefonhörer kam die Bestätigung: »Keine Maske!«

Ohne jedes Make-up sollte ich auftreten. Es wurde jedoch entschieden, meinen Blick mit Augentropfen aufzufrischen. Jemand träufelte mir eine Flüssigkeit in die Augen. Wieder aufrecht sitzend, wischte und puderte man mir die Wangen. Ich sah einen verschwommenen Finger, der vor meinem Gesicht schwebte, von Rottweilers Finger, der mit mir den Fingertest des Fernsehens machte: Sein Finger war die Kamera, der ich mit meinen Augen, nur mit meinen Augen, folgen sollte, ohne meinen Kopf, meine Hände, meine Schultern zu bewegen, während sein erhobener Finger wie eine Kamera um mein Gesicht kreiste ... Ich wäre fast vom Stuhl gefallen. »Nicht in die Kamera schauen! Den Blick gleiten lassen ...« Mein Hemd und meine Haare wurden zurechtgezupft. »Erste Regel des Fernsehens: Nie direkt in die Kamera schauen.« Vielmehr an ihr vorbeischauen ... Über sie hinwegschauen. Happe reichte mir eine Cognacflasche. »Noch zwei Minuten.« Er wünschte mir toi, toi, toi, flüsterte mir im Aufstehen zu: »You do look your part.« Die Tür öffnete sich. Ich hörte zahllose Stimmen. Sie wurden immer lauter, dann plötzlich leiser. Wir kamen in den Haberlandsaal. Am Eingang stand das bekannte Schild: *Bitte Saalmöbel nicht über den Parkettboden ziehen*. Es wurde sehr hell. Ich sah Scheinwerfer, Kameras, Mikrofone und Monitore ... Der Saal war kaum wiederzuerkennen: Ohne die üblichen Tische oder Speisekarten war er jetzt bestuhlt wie ein Theater. Von den Stühlen gab es Applaus. Auf den Schößen der Klatschenden lag mein Gesicht. Unter den Calmund-Gemälden stand ein langer Tisch, hinter dem bekannte und unbekannte Leute saßen, darunter auch die Assistentin Dolms und Dolm persönlich. Er trug einen dunklen Anzug mit goldenen Knöpfen, eine gelbe Brille, ein blumiges Halstuch. Er stand auf, kam mir überschwenglich entgegen, nahm mit beiden Händen meine Hand ... Unter uns kniete ein Fotograf. Fast wäre ich über ihn gestolpert. »Macht nichts, macht doch nichts«, rief Dolm und hielt mich mit beiden Händen. Hinter mir quietschte der Koffer, den Happe an uns vorbeizog. Ich sollte mich setzen. Dolm reichte mir Kaffee. Zu meiner rechten saß die Assistentin Dolms. Ich spürte ihr Bein an meinem Bein. Dolm bat um Ruhe. Auf dem Monitor vor unserem Tisch sah ich einen Wetterbericht, dann ein anderes Gesicht, dann Dolms Gesicht, dann mein Buchgesicht, dann mein richtiges Gesicht – live. Ich nickte. Ich wußte nicht, in welche der vielen Kameras ich schauen sollte. Die Kamera in meiner Nähe war gar nicht auf mich, sondern auf einen Reporter des Fernsehens gerichtet. Er sprach feierlich flüsternd: »Guten Morgen Inka ...« Er sprach feierlich flüsternd wie von den ersten vorsichtigen Schritten eines Staatsbesuchs. »Ja, Inka, ich stehe hier ..., ich spreche hier ...« Inka, die piepsende Stimme in seinem Ohr; Inka die Moderatorin im Studio des Senders; Inka in einem bunten Kleid hinter einer Kaffeemaschine. Dolm räusperte sich, tippte auf das Mikrophon, fing an zu sprechen. Seine Stimme füllte den Saal. Er grüßte, lächelte, dankte, nannte Leute mit Vornamen, hob das Buch in die Höhe, zeigte auf mich, grüßte, bat um Fragen, nahm die ersten Fragen kräftig nickend entgegen, beantwortete die Fragen selbst ... Heftig nickend wurden auch die Antworten Dolms im Publikum aufgenommen. Viele saßen mit überschlagenen Beinen und aufgestützten Köpfen. Sie wirkten angestrengt gekrümmt, aber auch auf eine angestrengte Art zufrieden. Manche machten sich ruckartig Notizen. Andere schrieben gleichmäßig zügig auf die Seiten ihrer Notizblöcke. Die meisten aber schauten mich an. Die schönste Frau im ganzen Saal – sie schaute auf mich, nur auf mich, die ganze Zeit auf mich. Sie streichelte mich. Ich lag auf ihrem Schoß und sie streichelte mein Gesicht. Dolm neben mir sprach und nickte und dankte und grüßte und antwortete und erklärte ... Ich hörte kaum zu. Die Antworten Dolms wirkten sogar beruhigend auf mich. Frage – Antwort, die nächste Frage – die nächste Antwort, Frage Vašiček – Antwort: Vašiček und doch nicht Vašiček, aber wie Vašiček, Vašiček unter anderen Umständen ... Frage zum Titel des Buches. Eine uferlose Antwort ... Frage: Warum das Buch 777 Seiten hat? Dolms Antwort klang einleuchtend. Er betonte ausdrücklich: »Das Buch hat keine Paragraphen!« Er wurde nicht müde, dies immer wieder hervorzuheben: »Das Buch hat keine Paragraphen!« Im Publikum nickendes Geblättere. Nächste Frage ... Plötzlich war es still. Von allen Seiten wurde ich angeschaut. Die Frage war an mich gerichtet. Dolm beantwortete sie für mich ... Ich war noch müde. Der lange Flug und die vielen Menschen ... Die nächste Frage beantwortete ich selbst. Zu meiner Überraschung sprach ich ruhig und flüssig. Meine Stimme klang besser als erwartet. Das Mikrofon, in das ich sprach, war eine große technische Hilfe. Meine Stimme klang wie aus einem Telefon, eine Schaltung aus Amerika, eine ferne, heisere, englische Telefonstimme: *Nuuu Yooork* ... Ich sprach *Nuuu Yooork* wie ein übernächtigter Barkeeper. Die Blicke aus dem Publikum gaben mir recht. *Nuuu Yooork!* Ihr nur Deutsche, aber ich aus *Nuuu Yooork*. Sah auf dem Monitor eine Großeinstellung meines Koffers. Dolm lächelte. Notiz: *Hätte bei dieser Gelegenheit mein Ticket hervorholen und damit in aller Öffentlichkeit wedeln können.* Nächste Frage wieder an Dolm, Frage zur Grammatik, zur indirekten Rede und zum Konjunktiv I. Dolms Antwort: Der Konjunktiv I sei erlaubt. Bei K.i.K., gerade bei K.i.K., vielleicht nur bei K.i.K. sei der Konjunktiv I erlaubt. Allgemeine Zustimmung. Nächste Frage – wieder Stille – wieder eine Frage an mich: Ob das Buch ein *roman à clef* sei?

Ich verstand nicht. Die hastige Antwort von Dolm: »Er ist aus New York.« Frage eines amerikanischen Journalisten zu einer Zeile in dem Buch. Die Frage war an mich gerichtet. Dolms Antwort auf englisch: »Don't trust the author, trust the tale.«

Mit einem Ruck standen wir auf. Es gab Applaus. Es reckten und streckten sich Hände zu mir. Die Hände hielten das Buch. Sie wollten Autogramme und Widmungen: Für Anna, für Corinna, für Evi ... Für zahllose Namen und Menschen, besonders Frauen, die mir das Buch zum Signieren vorlegten, nicht nur für sich selbst, sondern auch für ihre Töchter, die mich noch gar nicht kannten, aber mich bald kennenlernen würden ... Dolm führte mich durch die Hände hindurch, in einen anderen Raum: auf Ledersesseln gab es ein kurzes Interview. Dolm ersparte mir die unangenehmen Fragen, geleitete mich nach wenigen Minuten zu einer Kamera, die uns umkreiste, während wir gemeinsam in das Buch blickten. Zu einem der Reporter sagte er: »Vor Erfolg ist man nie sicher.« Später wurde ich in ein mit Büchern überladenes Zimmer gebracht. Ich setzte mich an einen Schreibtisch. Es wurden Fotos gemacht: Ich beim Schreiben – mit einer Whiskyflasche. Es wurden Fotos der Fotos gemacht, die auf dem Schreibtisch lagen und die mich beim Schreiben inspirieren sollten: großformatige Fotos von Steinen, Gräsern, Schnecken und Insekten. Ich sei, so hörte ich, ein neorealistischer Schriftsteller. Gut dies zu wissen.

»Es zählt jede Stunde«, entschuldigte sich Dolm für

die Rastlosigkeit unserer Verpflichtungen: Im Aufzug ging es hinab in die Tiefgarage, in der ein dunkelblauer Wagen wartete. Der Chauffeur schwang den Koffer in den Kofferraum, half mir in den Fond des Wagens, bettete mich auf Kissen. Ich sollte die lange Fahrt so bequem wie möglich sitzen. Wir fuhren mit mehreren Wagen, zuerst das Privatauto Dolms, das bereits die Auffahrt hinaufbrauste, dahinter ein Volvo, in dessen Rückfenster das offene Haar der Assistentin Dolms zu sehen war, dahinter unser Auto ... Wir fuhren ins Freie. Die Sonne blendete. Oben auf der Straße warteten weitere Wagen. Ich sah einen Jeep mit Anhänger und das Hinterteil eines Pferdes. »Dolms Pferd«, murmelte der Chauffeur. Das Pferd bei jeder Lesereise dabei. Wir fuhren an den beflaggten Verlagshäusern vorbei in die Stadt, durch die Stadt hindurch, auf die Autobahn, Richtung Süden ... Ich sah dösend den Tacho bei 200 km/h. Die Überholspur war unsere ständige Spur. Andere Autos wurden aus dem Weg geblinkt. Oder huschten beizeiten zur Seite – fast entschuldigend. Sie waren nicht der Rede wert. Kein böses Wort über irgendein langsames Auto kam über die Lippen des Chauffeurs. Er bremste nicht, sondern wartete, wartete Stoßstange an Stoßstange, bis ein Auto aus unserer Spur war. Er wäre ohne weiteres durch sie hindurchgefahren, wenn sie nicht im letzten Moment wie Laub zur Seite geflogen wären. Im Wind unserer Fahrt waren sie wankendes Gebüsch, nicht der Rede wert, belangloses Geflimmer an den Rändern einer rasenden Anfahrt in den Süden, pfeilschnell dem ersten und größten Pfeil auf Happes Generalkarte nachjagend. Mein Chauffeur, ich begann ihn zu mögen, er lenkte nur mit einer Hand. Die rechte Hand lag auf einem Kissen des Beifahrersitzes. Er sagte nicht viel, zeigte hin und wieder auf Landschaften, die Minuten später vorbei waren, fragte nach Amerika, zog aus dem Handschuhfach mein Buch, das ich für seine Tochter signieren sollte, fragte, ob auch ich eine Tochter habe. Später erwähnte er plötzlich Calmunds Tochter … Ich sollte mit niemandem über dieses Thema sprechen. Er deutete auf den nördlichen Schwarzwald. Auf der anderen Straßenseite sah ich ein Schild, das nach Frankreich zeigte, bis nach Paris. Dann schlief ich ein.

IV.

Eine literarische Lesung: Strenggenommen darf eine literarische Lesung nicht länger als 60 Minuten dauern, höchstens 60 Minuten. Jede weitere Verlängerung wäre ein Amoklauf. Ein Theaterstück oder ein Kinofilm darf drei Stunden dauern, ein Fußballspiel 90 Minuten ..., eine Lesung aber höchstens 60 Minuten. Besser nur 45 Minuten, wie eine Schulstunde. Meine Lesungen sind anders. Lesungen bei K.i.K. dürfen länger dauern. Sie sollen es geradezu, ruhig anderthalb Stunden. Lesungen bei K.i.K. sind eine Besonderheit, ein Superlativ, eine Jagd nach immer weiteren Rekorden, ein Langstreckenlauf, eine Zumutung, ein Wahnsinn, ein Amoklauf...

Ich lese mehr und länger als jeder andere Autor. Ich soll betont langsam lesen, mich nicht drängen oder hetzen lassen, die Nerven behalten. Mittlerweile gehen die Lesungen fast zwei Stunden, von acht Uhr abends bis gegen zehn Uhr. Es geht in letzter Zeit sogar immer mehr auf halb elf zu, wenn ich aufschaue und meinen Zuhörern mitteile, daß ich fertig bin. Das Publikum blickt ungläubig. Ich klappe das Buch zu. Erst jetzt beginnen sie zu glauben. Ich erblicke Anzeichen von Leben. Beine werden gestreckt, Rücken an Stuhllehnen gerieben. In die Gesichter kommt

Bewegung. Sie erhalten ihre Körper wieder zurück: dürfen husten, gähnen oder sich schneuzen, aber noch nicht aufstehen. Selbst die Allerernstesten, die gekrümmt sitzen, wagen einen stirnrunzelnden Blick, fahren durch ihr Haar. Unsichtbare Dornenkränze fallen von ihnen ab. Andere fangen offen an zu atmen. Blicke kehren in leere Augen zurück. Uhren dürfen nun wieder unverhohlen betrachtet werden. Die Wiederbelebung dauert einige Sekunden. Fast vergessen sie zu klatschen. Sie machen diese Vergeßlichkeit wett, indem sie später um so heftiger klatschen. Ihr nicht enden wollender Applaus kommt wie eine andauernde Entschuldigung…

In den Gesichtern der Gymnasiastinnen sehe ich das Ende einer Lesung am deutlichsten. Sie fahren hoch, erröten, lächeln. Sie verstehen dieses Ende als glückliches Ende. Jedes Ende einer Lesung ist ein glückliches Ende – für die vielen Mädchen in meinen Lesungen ein überglückliches Ende. Sie strahlen in den leuchtendsten Farben. Es ist nicht nur Make-up, sondern jungblütige Begeisterung, vielleicht sogar der Rausch der Endorphine zum Ende eines Langstreckenlaufs. Sie sehen glücklich aus. Die Anerkennung der Deutschlehrer ist ihnen gewiß. Und der Höhepunkt des Abends steht noch bevor: Ich selbst, der lebende Schriftsteller, der Bücher signierend ihre Freude entgegennimmt – vielleicht auch manche Adresse – oder der ihnen Ratschläge gibt oder häßliche Grüße an ihre Deutschlehrer ausrichten läßt.

Ich bin fertig, teile ich den Zuhörern nach mehr als

zwei Stunden des Lesens mit, um dann, nach dem Applaus, fortzufahren mit der Bemerkung, einige Seiten weiterlesen zu können, also eine Zugabe zu geben, sollte dies erwünscht sein. Stille. Dann, vereinzeltes Nicken: Ja doch. Warum nicht. Stille. Sie haben ja gar keine Wahl. Gegen mein Gesicht kommt ihre Müdigkeit nicht an. Gegen die Buchstaben K.i.K. kommen sie nicht an. Es ist längst entschieden, decided, décidé ... Auch schwebt der Schatten Vašičeks als heilige Wolke über allem. »Wenn Sie es wünschen, kann ich noch ein wenig weiterlesen.« Was für eine absurde Frage. Als würde man zu einem Hund sagen: Wenn Du es wünschst, kann ich dir dein Fressen ein wenig später geben. Ich füge also hinzu: »Ich will niemanden beschämen. Ich will gar nicht sehen, wer von Ihnen aufsteht und geht. Gehen Sie nur. Ich mache beide Augen zu.« In diesem Moment greife ich in mein Jackett und setze mir eine schwarz lackierte Schutzbrille auf, die Sonnenbadende in Solarien tragen, *Super Sunnies Eyeshields*. Wie mit schwarzen Teelöffeln sind nun beide Augen verschlossen. Es kommt kein Licht mehr durch. So gut wie blind spreche ich weiter: »Wer gehen will kann nun unerkannt gehen.« Es geht niemand. Doch spüre ich zum ersten Mal verstohlene Heiterkeit. Und ich komme ihnen weiter entgegen, indem ich sage, daß mich das Buch ebenso ermüdet wie meine Zuhörer, daß ich bei manchen Lesungen gar geweckt werden mußte, daß das Buch ein Heilmittel gegen die Schlaflosigkeit sei, ein homöopathisches Schlafmittel ohne jede Risiken und Nebenwirkungen. »Fragen Sie Ihren

Arzt oder Deutschlehrer.« Und ich setze die Brille wieder ab, und es sind noch alle da. Sie lächeln. Ja, in diesem Moment beginnen sie das Buch ernsthaft zu mögen, und ich lese weiter ... Dolm reagierte zunächst entsetzt, doch später gab er mir recht, sprach von einer großartigen Einlage, einem genialen Schachzug: »Funkensprühendes Understatement. Genial! Humor. Warum nicht?« Sollte es aber nicht übertreiben ...

Ich las in mehrstöckigen Buchhandlungen, in Büchereien und Bibliotheken, in Universitäts- und Schloßbibliotheken, in ausverkauften Theaterhäusern, in Schriftsteller- und Kulturhäusern, in Vorlesungssälen, im Fernsehen und im Radio, in Kongreßhallen, in Kurhotels, im Ausland, in Kirchen, in Wintergärten, in der deutschen Botschaft in Frankreich, in der israelischen Botschaft in Deutschland, bei Preisverleihungen, auf Ausflugsdampfern, am Grab von Professor Rink und am Grab von Vašiček ... Wir fuhren von Hotel zu Hotel. Dolm schritt in Reiterstiefeln zum Frühstück und mahnte uns zur Eile. Er bezahlte die Rechnungen und fuhr mit seinem Wagen voraus. Wir folgten ihm, mit den Tagen und Wochen immer später, in den anderen Autos nach. Ich saß neben Dolms Assistentin, oder vielmehr: Sie setzte sich neben mich. Sie heißt Beatrice. Nicht Birgit oder Brigitte, sondern Beatrice. Im Fond des Wagens rutschte ihr Kopf nach und nach auf meine Schultern. Oft wurde ihr schlecht. Sie bat den Chauffeur zu halten. Sie wollte mit Vorliebe an Seen aussteigen und an die frische Luft kommen, zog sich im Laufen aus und sprang ins Wasser. Ich sollte ihr doch nachkommen, ihr nachschwimmen. Sie tauchte zwischen meinen Beinen hindurch. Später kraulte sie mit meiner Unterhose in der Hand davon, warf die Unterhose wie einen Ball ins Schilf, wartete dort auf mich, kitzelte mich mit Zweigen, hielt mich fest, legte mich in die Sonne, scherzte über K.i.K., entwarf in ihrer Fantasie einen mit K's bedruckten Bikini, den sie nicht trug, da sie nackt neben mir lag. Sie streichelte mein Gesicht. Erst in diesem Moment sah sie, daß meine dunklen Augen blau sind. Sie setzte sich auf mich, ohne zu schauen, worauf sie sich setzte. Danke, ich sitze gut. So blickte sie mich an. Behandelte unsere plötzliche Vereinigung als beiläufig geatmete Nebensächlichkeit, sprach ungebrochen weiter …, ihr tiefer Atem nicht mehr, aber auch nicht weniger als ein lächelndes Apropos am Ende ihrer Sätze, die kürzer wurden … Es hupte der Chauffeur, mehrere Male, und sie rief, sehr mädchenhaft: »Ja, wir kommen!« Und sie sprach weiter, über dies und über jenes … Es hupte wieder. »Wir kommen!« Und wir kamen.

Beatrice! Immer öfter wird ihr schlecht – manchmal schon nach wenigen Kilometern. Und jedesmal muß unser Fahrer anhalten und warten und hupen. »Wir kommen!« Sie kann sich kurz fassen: seufzt mitten im Satz, kann nach Belieben, mit wenigen Worten und Bewegungen unsere Höhepunkte bestimmen …, kann ihren Orgasmus dem Chauffeur offen zurufen, »wir kommen«, überschüttet mich mit ihrem – noch nassen – Haar, hält mich für einen Augenblick fest. Dann sind wir wieder im Auto, erleben wilde Aufholjagden auf dem Weg zum nächsten Hotel, zur nächsten Lesung. Ist kein See am Weg, dann zeigt sie auf Schwimmbäder, am liebsten auf Thermalbäder. Sie kaufte sich einen Bikini und mir eine Badehose, dann legten wir uns sprechend in ein Sprudelbecken. Nur für eine kurze Viertelstunde, versicherte sie unserem Chauffeur. All dies war und ist ihr voller Ernst. Sie liebt die Natur, das Wasser, die Gespräche einer großen Lesereise. Sie ist nicht in mich verliebt, aber sie mag mich. Schließlich bin ich Schriftsteller. Einmal saß sie auf mir und seufzte etwas von einem Kind, das sie gerne hätte – warum nicht von mir? Eine Art Urenkel von Vašiček. Warum nicht? Und sie drückte mein Gesicht.

Die Ankunft zu einer Lesung: Wir fahren vor ein Hotel. Ich ziehe die Hand aus dem Rock von Beatrice. Die Tür des Volvos wird von außen geöffnet. Ich bleibe sitzen. Schließlich steige ich aus. Wenn es regnet, spannt man einen Schirm über mich aus. Ich werde von ausgewählten Menschen begrüßt. Mancher, dem ich die Hand schüttle, sagt danke. Ich werde auf mein Zimmer geführt, lege mich hin, nehme ein Bad oder mache mir Notizen. Bestelle auf englisch ein Abendessen, meist Hamburger und Cheeseburger, die sie nicht haben, also lasse ich mich demonstrativ in ein McDonalds-Restaurant fahren. Freiheiten des Schriftstellers. Ziehe mich dann um, zwei Tropfen Parfüm, *Fahrenheit 451*, Empfehlung von Dolm, lasse meinen Nacken massieren und mir die Urinflasche ans Bett bringen …, mache mich bereit für die Lesung, zu der wir in mehreren Autos fahren. Anfahrt auf direktestem Wege, oft durch Fußgängerzonen hindurch, zum Ort der Lesung. Wir halten hintereinander. Es stehen und grüßen die ersten Notabeln einer Stadt. Die wichtigeren warten im Inneren: Bibliotheksdirektoren, Universitätsrektoren, Universitätsbibliotheksdirektoren und sonstiges ... Ich werde begrüßt, befragt, berührt, begafft ... Frage einer Redakteurin: Ob ich Neorealist sei? Meine Gegenfrage: Ob sie mich massieren würde? Oder ich gebe lateinische Antworten: »Auctoritas, non veritas facit legem.« Auf deutsch: Die Autorität, nicht die Wahrheit schafft ein Buch – oder was auch immer. Oder: »Ich bin Dezisionist.« Oder: »Vor Erfolg ist niemand sicher.« Oder: »Worum es im Buch geht? Es geht um das Wiesel unter der Cocktailbar. Darum geht es.« Oder: »Es geht um meine Unterhose im Schilf.« Endlich werde ich in einen Raum geführt, in dem ich mich auf die Lesung vorbereiten kann. Die Vorbereitung besteht darin, den Sportteil einer Zeitung zu lesen oder Papierkörbe wie Basketballkörbe mit zerknülltem Papier zu bewerfen. Im Saal nebenan hört man die stetig wachsende Zahl meiner Zuhörer, ein sonores Gebrummel ernster Stimmen und Gespräche, begleitet von den zahllosen Schritten der Zuspätgekommenen, die keinen Platz mehr finden, denen man Stühle bringt. Dies geht viele Minuten. Eine Stimme bittet um Ruhe. Es folgt eine umständliche Rede – keine Lesung ohne eine Rede – oft drei bis vier ineinander verschachtelte Reden. Dolms Reden sind die besten. Schließlich öffnet sich die Tür. Ich kann kommen.

Werde von lächelnden Gesichtern wie zu einer Bescherung in den Saal geleitet. Ich trete ins Scheinwerferlicht. Der Saal verstummt. Es steht ein einsamer Tisch, darauf ein Wasserglas und ein Mikrophon, dahinter ein Stuhl, auf den ich mich setze. Ich öffne das Buch auf Seite 123. Lasse für einige Sekunden mein Gesicht auf die Leute wirken. Ich lese den ersten Satz: *Es ist nichts.* Mache eine lächelnde Pause. Ich lese den zweiten Satz und wundere mich selbst über meine knisternde Stimme, in der Tat eine Stimme wie aus dem Telefon, die das Publikum erstaunt. Viele glauben nun, sie kämen zu kurz, sie würden nicht alles verstehen – wollen sich gegenseitig den Telefonhörer aus der Hand reißen. Ferngespräch aus Amerika. *Long-distance reading from America.* Spitze Finger fordern absolute Ruhe. Mit knisternder Telefonstimme (ein Meisterwerk der Technik) und amerikanischem Akzent lese ich weiter. Mancher neigt seinen Kopf, als läge dort ein Telefonhörer. Viele nicken. Sie nicken mir zu. Sie nicken anderen zu. Sie nicken sich selbst zu. Sie nicken ihrem Genicke zu … Kein Beginn einer Lesung ohne dieses Genicke. Die helleren Temperamente nicken mit weit aufgerissenen Augen, die ernsthaft Gekrümmten blicken nach unten und nicken mit ihren Fußspitzen. Ich lese nun einen achtzeiligen Satz. Dann einen elfzeiligen Satz. Dann einen noch längeren Satz. Der gutwillige Eifer meiner Zuhörer ist mir gewiß. Ich sehe die ersten glasigen Blicke, doch spüre ich auch ihre ungebrochene Bereitschaft, dagegen anzugehen, das Gefrieren ihre Augen zu durchbrechen – wie Eisbrecher, die mit aller Macht das Wasser eines zufrierenden Flusses in Bewegung halten wollen. An guten Vorsätzen mangelt es nicht. Happe hatte recht: Eine Lesung ist wie ein Gottesdienst. Und ein Gottesdienst ist eine Versammlung der besten Vorsätze. Sie, die Frauen in der ersten Reihe, womöglich eine Lesegesellschaft, sie sitzen mit den allerbesten Vorsätzen vor mir. Ihre Vorsätze stehen bereits mitten im Kampf, im Kampf gegen Unaufmerksamkeit, Müdigkeit und faule Ausreden. Auch sie nicken mir heftig zu, noch bevor ein Satz überhaupt gesprochen ist. Sie sitzen übertrieben aufrecht, halten beteuernd das Buch in den Händen. Manches Genicke gleicht einer gymnastischen Übung. Und manche gymnastische Übung verharrt tief gebeugt in einer andächtigen Position. Die geschlossenen Augen sollen wohl bedeuten, mir um so angestrengter zuzuhören. In Wahrheit kämpfen sie (wie ich selbst) gegen den Schlaf. Es ist die schlechte Luft, das Wetter, der lange Tag, der späte Abend …, alles mögliche, nur nicht ich, der mit knarrender Telefonstimme durch endlos verzweigte Sätze schlurft: und dies noch, und jenes noch, und dies doch nicht, und jenes noch nicht … Sie, die Frauen in der ersten Reihe, sie sind noch wach. Sie nicken mit asiatischer Ausdauer und Liebenswürdigkeit. Happe hatte recht: Die Zuhörer einer Lesung sind lieb, arglos und harmlos; das genaue Gegenteil der Ungeduld von Fußballfans. Meine Zuhörer, sie legen alles zu ihrem Nachteil und zu meinem Vorteil aus. Sie geben sich alle Mühe, greifen dankbar nach jedem verständlichen Wort;

folgen mir für kurze Zeit wie fußkranke Reisende einem unerreichbaren Zug; sinken wieder zurück; dämmern mit weit aufgerissenen Augen im Gibberish meiner Sätze dahin; reiben ihre Handgelenke; gähnen hinter fest verschlossenen Mündern; kratzen sich; halten sich in denkerischen Posen aufrecht ... Dies nach etwa 10 Minuten. Ich lese zweieinviertel Stunden. An manchen Abenden auch zweieinhalb Stunden. Danach kommt die Zugabe. Ich lese in aller Ruhe. Ich lese immer langsamer und länger. Ich lese Abend für Abend. Ich lese das langweiligste Buch, das ich je gelesen habe! Ich lese wie ein Langstreckenläufer. Ich teile mir die Strecke auf, in Minuten und Kilometer (eine Minute ist ein Kilometer), denke nie weiter als bis zum Ende einer Seite, mache Pausen, unterscheide zwischen einatmenden und ausatmenden Pausen, lese monströsen Steigungen entgegen, genieße die Ruhephasen verständlicher Sätze, schleppe mich über endlose Geraden und freue mich auf Kurven, habe Lieblingswörter (meist am Ende einer Seite) und beschaue beim Umblättern (nicht nur beim Umblättern) meine Lieblingsgesichter im Publikum ... Ich lese und lese und lenke mich ab, indem ich immer öfter aufschaue und mein Publikum beobachte. Sehe die Hand eines Mannes, der unmerklich den Ärmel seines Pullovers bewegt, um tief geneigt einen Blick auf seine Uhr zu tun. Ich könnte ihm die Zeit vorlesen. »Ich kann Ihnen die Zeit gerne vorlesen.« Noch 115 Minuten – bis zur Zugabe. Sehe eine schwach atmende Gestalt, um die ich mir ernsthaft Sorgen mache. Sehe manchen Leuten an, daß sie zum ersten Mal bei einer Lesung sind. Ihre zappelige Unruhe geht ins Panische. Sie erinnern mich an verstörte Babys bei einer Taufe. Eine Lesung ist in der Tat wie ein Gottesdienst, ein Gottesdienst der griechisch-orthodoxen Kirche, der die ganze Nacht dauern kann. Ich sehe mehr Frauen als Männer. Sehe Handbewegungen. Sehe hastig kritzelnde Hände hinter Schreibblöcken. Kritiker? Doch sie machen sich keine Notizen über die Lesung, sondern porträtieren mein Gesicht. Sehe ein bildschönes Mädchen in der dritten Reihe, das dem Ende der Lesung entgegenträumt – oder dem Ende einer Reise? Sie sitzt starrblickend wie in einem Nachtflug, Flug der *Swissair* von New York nach Frankfurt, auf der Höhe von Grönland. Sie fröstelt. Jemand sollte ihr eine Decke bringen. Daneben ihre Freundin, ein wenig wacher, da sie offensichtlich mit meinem Gesicht beschäftigt ist, denn sie schaut mich an, durchaus sehnsüchtig … Auch sie hält das Buch in ihrer Hand, das ich später für sie signieren werde. Überlege mir eine Widmung: *Für Caroline, ein Buch für schlaflose Nächte.* Oder: *Für Caroline, meiner liebsten Zuhörerin einer langen Lesung.* Oder: *Nie sah ich eine so schön schlafende Frau. Danke!* Oder: *Caroline und mir selbst.* Oder eine Weisheit. Oder meine Telefonnummer. Widmungen sind meine liebste Beschäftigung. Sie sind der Höhepunkt, das überglückliche Ende jeder Lesung. Sie stimmen das Publikum versöhnlich. Nach der Lesung ist das Publikum merkwürdig überdreht. Ich bedanke mich. Ich schreibe Grüße. Ich bemühe mich. Ich berühre Hände. Ich bescheinige mich. Ich belustige mich. Ich verliebe mich. Es bilden sich am Büchertisch immer längere Schlangen. Manche kommen ein zweites Mal, mit einem zweiten Buch, das ich ebenfalls signieren soll: *Für Anita. Am besten immer zugeklappt halten.* Sie lächeln verlegen. Sie, die Mädchen, stehen verdutzt, wenn ich schreibe: *Ich liebe Dich.* Sie stehen minutenlang. Meine Widmungen werden von Lesung zu Lesung umfangreicher – die einzige Seite des Buches, die sie lesen werden. Nicht die einzige Seite, wenn meine Widmungen über mehrere Seiten gehen. Ich schreibe Aphorismen, Gedichte, Geschichten, ganze Romane …, Kurz- oder Neufassungen der Romane, die ich früher geschrieben habe. Oder Skizzen ganz neuer Romane: Widmungsromane. Ich schreibe einen Widmungsroman über das Geigenspiel Carolines. Ich schreibe, während ich lese. Ich lese nun kürzere Sätze. Sie haben einen Rhythmus. Didadudadum. Didadudadum. Wie die Gleisgeräusche eines Zuges. So gleiten wir eine Seite dahin. Didadudadum. Weiter hinten kommt ein furchtbares Gewirr quietschender Weichen, die sich immer weiter verzweigen werden, ein Passus, dem ich ängstlich entgegenlese, ein ächzendes Tohuwabohu verschachtelter Verneinungen oder sich immer weiter verneinender Verschachtelungen. Jeder Zug würde hierbei auseinandergerissen und entgleisen. Doch einstweilen gleiten wir ruhig dahin. Didadudadum. Bin in Versuchung, den schaukelnden Köpfen im Publikum zuzurufen: Die Fahrkarten bitte! Bemerke nun vereinzelte Blicke. Liegt wohl an den kurzen Sätzen. Mancher glaubt nun etwas zu verstehen. Doch sie verstehen falsch. Jeder, der diese kurzen Sätze zu verstehen glaubt, versteht sie falsch. Auch ich verstehe sie falsch. Der erloschene Blick des Mannes, der bald vom Stuhl fällt, versteht richtig, wenn er versteht, daß er nichts versteht. Selbst Beatrice räumte am Ufer eines Sees ein, daß das Buch unverständlich sei. Sie sagte: »Was die Abstraktion in der Kunst, ist die Unverständlichkeit in der Literatur.« Ein verständliches Buch würde man nicht ernst nehmen. Sie hat recht: Ich werde ernst genommen. Es gibt keinen größeren Ernst als eine Lesung von mir. Die Sätze, die ich jetzt lese, sind immer noch kurz, doch ohne einen erkennbaren Sinn. In jedem Satz verbirgt sich eine Anspielung. Ich kenne diese Anspielungen nicht. Das Publikum weiß von diesen Anspielungen nichts. Die Anspielungen wissen von den Anspielungen nichts. Ich blättere eine Seite (noch 33 Seiten) und lese erhobenen Blickes weiter, betrachte das Publikum, schaue in einen Schlafsaal, frage mich, wie es wäre, wenn die Leute, statt auf Stühlen zu sitzen, in Betten vor mir liegen würden. Könnte wie ein Herbergsvater aufstehen, das Licht löschen und gehen. Mir kommt die Idee, in einem Krankenhaus zu lesen oder in einem Heim für schwererziehbare Kinder. Es ist ja eine Kunst, so viele Menschen in so kurzer Zeit zum Schlafen zu bringen. Ein dumpfer Fall, Verwirrung im Saal, man trug eine ohnmächtige Dame hinaus. Dies geschah bei einer Lesung Vašičeks. Bei mir nicht einmal das. Vašiček saß auf einer Bühne, schattenhaft, dunkelhaarig, bleich, eine Gestalt, die ihre Verlegenheit über ihre eigene Erscheinung nicht zu bannen wußte ... Ich sitze ruhig und selbstbewußt. Niemand merkt, daß ich gerade auswendig lese. Wenn ich auswendig lese, lese ich Dinge, die gar nicht im Text stehen, was niemand wahrnimmt. Ich kann lesen was ich will. Ich könnte Sätze mit den verrücktesten Wendungen oder Endungen auf den Kopf stellen: Didadudadum, dadudabums, dadudaplumps, dadudapeng, dadudatod, datodamord. Ich könnte englisch sprechen: *Wake up! Fuck off!* Oder nonchalant: *Achtung hier spricht die Polizei. Im Publikum befindet sich eine Bombe.* Oder ein Pferd. Ich könnte irgendwelche Laute von mir geben. Es wäre einerlei. Es käme zu spät. Ich lese das langweiligste Buch der Welt: ein lyrischer Innenmonolog (Dolm) bzw. ein innerer Lyrikmonolog (Beatrice). Was für ein Buch! Es ist nichts, es bewirkt nichts, es schadet nichts, es macht nichts ... Es hat kaum Verben. Natürlich hat es kaum Verben. Aus gutem Grund hat es kaum Verben. Ich selbst spreche (und schreibe!) immer seltener in Verben. »Das ist ganz normal«, sagt Beatrice. Ein Verb, las ich in einem amerikanischen Grammatikbuch, sagt uns, was in einem Satz los ist. Wer will das wissen? Wer will das bei K.i.K. wissen!? Außerdem habe ich Hunger. Ich höre meinen Magen. Frage mich, was es nach der Lesung, nach der Zugabe zu essen gibt? Ein Essen mit Bibliotheksdirektoren, Universitätsrektoren, Universitätsbibliotheksdirektoren und Kritikern. Kritiker! Hörte noch nicht ein Wort der Kritik von einem Kritiker. Kein Wort der Kritik über das Buch. Wenn sie kritisieren, dann kritisieren sie das Essen oder die Kellner: *Aber bitte, Herr Ober. So geht das nicht. So doch keine Forelle. Was ist das überhaupt mit dem Wein?* Sie reden beim Essen über nichts anderes als übers Essen. Man kann mit Kritikern kein Essen essen, ohne über Essen oder Kellner zu sprechen. Apropos Essen. Ich mache mir Gedanken über ein Kochrezept, das ich im Fernsehen kochen soll, als Gast eines Showmeisters oder Kochmeisters oder Meisterkochs ... Muß gar nichts besonderes sein, sagte er mir am Telefon. Es muß gar nichts besonderes sein, kein Hexenwerk (oder Romanwerk), das ich zusammen mit ihm, in seiner Küche, kochen soll. Wie ein Gockel wird er an meiner Seite stehen, mit mir mitrührend, mir vehement zunickend und zustimmend: Aha! Oha! Oh, das wird gut! Egal was ich kochen werde, es wird gut. Es wird ihm schmecken. Es wird mir schmecken. Egal was er für mich kochen wird, es wird mir schmecken. Thema der Sendung: Was ein Schriftsteller so ißt? Was weiß ich, was ein Schriftsteller so ißt. Ich esse alles. Werde ihm einen Hamburger braten, und er wird entzückt auf- und ablaufen. Denke viel lieber an meine Widmungen: *Ihrer Tochter mein Gesicht* ... Oder: *Zur Mittleren Reife, avec tous mes sentiments* ... Denke viel lieber an die Gymnasiastinnen, die nach der Lesung an den Rändern meines umlagerten Tisches stehen. Sie stehen engbeinig verstockt, mit hochgesteckten, gefalteten Haaren und hängenden Armen, in altmodischen Kleidern. Sie stehen vereinzelt auf dem Bürgersteig, wenn ich zum Essen gefahren werde. Sie stehen im Restaurant den Kellnern im Weg.

Sie stehen und stehen, doch sie kommen nicht. Sie stehen an der Garderobe, an den Ärmeln meines Mantels. Eine steht mit einer Schulter bereits in meinem Mantel. Ich müßte ihn nur noch zuknöpfen und mit ihr nach draußen gehen. Doch ich bleibe sitzen. An meinem Tisch das übliche Gespräch über Essen, Rezepte und lahme Kellner. Nicht die Gymnasiastinnen, sondern Damen zwischen vierzig und sechzig kommen an unseren Tisch. Sie sitzen bereits dort, wenn wir kommen. Eine saß mir mit nackten Schultern und silbrig onduliertem Haar gegenüber: »Hi«, rief sie, reichte mir ihre Hand über den Tisch, weniger zu einem Händedruck als zu einem Handkuß. Fast verletzte ich meine Backe an einem ihrer spitzen Ringe. »Oh«, rief sie auf englisch (oder was sie für einen englischen Tonfall hielt) und streichelte mit dem Daumen meine Backe: »I'm very sorry.« Ihr Englisch noch deutscher als mein Englisch. Schnell sprachen wir deutsch. Ich lobte ihr Englisch, sie lobte mein Englisch. Sie sprach von New York: atemberaubendes, wahnsinniges, irrwitziges New York. Ihr Name: Miriam Mirell. Sie reichte mir eine Visitenkarte: *International Information Manager*. Sie erwähnte eine Tochter. Kein Wort über die Lesung. Niemand verliert ein Wort über meine Lesungen. Kein Wort über das Innere des Buches. Sie hatte es bei sich. Sie hielt es wie eine Handtasche mit beiden Händen. Nein, es machte mir nichts aus, das Buch zu signieren. Ich sollte es für ihre Tochter signieren, zum Geburtstag, der Geburtstag bereits vorbei, doch sie, die Tochter, würde sich sehr über ein solches

Geschenk freuen. »Sie ahnen gar nicht, wie sehr sie sich darüber freuen wird.« Also schrieb ich einen verspäteten Geburtstagsgruß in das Geburtstagsgeschenk, das Buch, das die Tochter nie lesen würde. Ihre Tochter daheim über einem Deutschaufsatz. In wenigen Wochen Abitur. Sonst wäre auch sie zu der Lesung gekommen. Sie stellte mir die üblichen Fragen: Warum ich schreibe? Wie ich schreibe? Wann und wo ich schreibe? Ob das Buch autobiographisch sei? »Es ist zu 62,5% autobiographisch«, antwortete ich, »Tendenz steigend.« Sie lächelte, sprach wieder von ihrer Tochter, ihr Name ebenfalls Miriam, ihr Lieblingsfach Deutsch, ihr Lieblingslehrer ein Deutschlehrer, ihr Lieblingsschriftsteller Vašiček. »Sie liebt Vašiček.« Vašiček ihre Liebstenliebe. Sie sei ein Mensch der Liebstenliebe. Von ihrem Freund habe sie sich soeben getrennt, völlig zurecht. Ob ich vielleicht ..., in einer freien Minute ..., die Zeit aufbringen könnte ..., mir einige Aufsätze und Gedichte der Tochter anzuschauen ...? Ob ich Lust hätte ..., auf einen Sprung ..., um die Ecke ..., ganz hier in der Nähe ..., zur ihr nach Hause ..., in ihre Wohnung mitzukommen ...? Eine Überraschung, ein Geburtstagsgeschenk für die Tochter ... Sie folgte mir bis zur Toilette. Ich wartete eine Viertelstunde in einer Klokabine. Sie wartete draußen, hängte ihren Arm in meinen Arm, und wir liefen durch die Stadt zu ihrer Wohnung, die in einem marmorierten Ärztehaus lag. Wir standen in einem gläsernen Aufzug, ihre Hand an meiner Schulter. In ihren Augen, in ihrer ganzen Art eine bebende Vorfreude auf die Freude, die wir ihrer verdutzten Tochter machen würden. Viel mehr als eine Freude … Die stille und zurückgezogene Tochter, meist auf ihrem Zimmer, einsam, nachdenklich und blaß … Wir traten in die Wohnung. Miriam, die Mutter, führte mich in ein weiträumiges Wohnzimmer und rief Miriam, die Tochter: »Ich bin es.« Keine Antwort. »Ich bin nicht alleine.« Keine Antwort. »Ich habe jemanden mitgebracht.« Sie deutete auf mich: Ich, das Geburtstagsgeschenk für das Geburtstagskind – Privileg des Schriftstellers. Sie nahm meinen Mantel ab. Ich sollte mich doch setzen. Nein, ich möge besser, wenn es mir nichts ausmache, stehen bleiben. Wollte wohl, daß die Tochter mich stehend entdeckt, daß wir stehend einander wankend gegenüberstehen, oder daß ich sie stehend vor mir hinsinken sehe und sie mit beiden Armen auffange. »Miriam«, rief Miriam, die Mutter. Sie lief zu der Wendeltreppe. »Miriam!« Ich hörte unwillige Geräusche. Sie stieg einige Stufen nach oben: »Rate, wer hier ist?!« Keine Reaktion. Die Mutter nun auf den obersten Stufen: »Vašiček ist hier.« Wie hätte sie mich anders nennen sollen. Sie kannte ja nicht einmal meinen Namen. Mein Name ist ein Verlagsgeheimnis. Meine Signaturen völlig unleserlich. Oder ich unterschreibe mit dem Namen *Vašiček* oder *im Namen Vašičeks* oder versuche mich an Vašiček-Variationen wie: *Gesicht Vašičeks*, *Enkel Vašičeks*, *Vašiček der Zweite*, *Vašiček in New York*, *Vašiček on tour*, *Vašiček goes to Hollywood* … Sie konnte also gar nicht anders als den Namen Vašiček rufen. Vašiček ist hier. Vašiček wartet. Vašiček wartet unten. Sie klopfte an eine Tür. »Nein!« Das Nein der Tochter war bis unten zu hören. »Bitte!», rief Miriam, die Mutter. »Nein!», schrie Miriam, die Tochter. Ich sollte mich nun doch setzen. Sie reichte mir ein Glas Wein. Sie lächelte. Sie setzte sich neben mich aufs Sofa. Ihr Haar lag auch auf meiner Schulter. Sie sprach nach oben, Richtung Wendeltreppe, in Richtung der Tochter, die uns ruhig hören sollte. Sie sprach dahingehend, daß Miriam, die Mutter, es sich sehr wohl auch ohne Miriam, die Tochter, mit Vašiček gemütlich machen kann. »Hörst du!?« Jeder ihrer lauten Sätze enthielt den unausgesprochenen Zusatz: Hörst du!? Ich unterhalte mich mit Vašiček. Hörst du? Wir unterhalten uns über Literatur – kein Wort über Literatur wurde gesprochen. Trinken wir noch ein Glas Wein. Zünden wir doch die Kerze an ... Wenn ich etwas sagte, dann fächerte sie meine Stimme nach oben, als wollte sie der Tochter zutragen: Hör doch! So hör doch! »Ich könnte Ihnen stundenlang zuhören«, sagte sie, dabei war sie es, die sprach und sprach, fast nur über ihre Tochter, die womöglich oben an der Treppe stand oder auf dem Boden lag und uns zuhörte. »Sie hat Angst.« Sie sei weder abweisend noch unhöflich, sondern habe Angst. Ihre Launen seien nichts als Angst. Ihre Angst gehe ins Panische. Sie liege verschämt in einer Ecke, aus Angst, Angst vor mir, Angst vor sich selbst, Angst vor ihrer eigenen Bewunderung, Bewunderung des Fernen, Unerreichbaren, Unwiederbringbaren; könne stundenlang umarmt mit einem Kissen liegen und träumen; habe nicht nur geträumt, sondern mit ihren Traumbildern gelebt, gelegen, geschlafen … »Miriam!« Keine Antwort. Sie stand nun auf, nahm das Buch, das ich für Miriam-Tochter signiert hatte, ging wieder nach oben (deutlich hörbar die hastigen Schritte einer Flucht), rief ihren Namen, flüsterte beruhigend, dann aufbrausend laut, dann wieder zärtlich … Dann hörte ich einige Minuten nichts, bis sie wieder herunterkam, mit dem Buch, das sie mir zurückgab: »Die Widmung gefällt ihr nicht.« Von oben klang der stampfende Baß einer wütenden Musik, die Miriam-Tochter nun hörte. Je länger wir dasaßen, um so weniger gefiel auch der Mutter die Widmung. Ob es mir etwas ausmachen würde, eine neue Widmung zu schreiben. Sie reichte mir ein frisches Exemplar. Auf dem Bücherregal standen noch drei weitere Exemplare, wie eine Reserve, sollte mir auch diese oder die folgende Widmung mißlingen. Es sei nichts gegen mich, im Gegenteil, und sie erwartete rauchend eine neue Widmung, an der ich mich versuchte. Die Widmung sollte, so wollte es die Mutter, ehrlich und zärtlich sein. Sie ging mit dem Buch nach oben. Sie kam mit dem Buch wieder nach unten. Kein Wort über die Widmung. Über Widmungen wurde in dieser Nacht nicht mehr gesprochen. Ich wollte aufstehen und gehen. Was für ein absurder Einfall. Sie führt mich hierher und ruft: Rate mal, wer hier ist? Vašiček ist hier! Er wartet im Wohnzimmer. Wie wenn man einer Nonne zurufen würde: Rate mal, wer da ist? Der liebe Gott ist da. Er wartet unten. Ich wollte gehen. »Nein, bitte gehen Sie nicht. Sie wird kommen. Sie wird ganz sicher kommen.« Ich sollte es mir bequem machen. »Hören Sie?« Die Musik oben klang friedlicher und leiser. Miriam sei launisch. »Wir streiten uns fast jeden Tag.« Miriam sei schwierig. Miriam sei hysterisch. Miriam sei sehr schön. Alles was sie sagte und tat, war in Richtung Miriams Zimmer gesagt und getan. Sie streifte ihre roten Lackschuhe ab. Sie saß mit angezogenen Beinen neben mir auf dem Sofa. Sie erwähnte ein Zimmer neben Miriams Zimmer, in dem ich übernachten könnte. Sie ging in ihr eigenes Zimmer und suchte nach Bettwäsche. Im Bademantel kam sie wieder zurück. Im Bademantel setzte sie sich neben mich. Im Bademantel erzählte sie von Miriam und sich selbst. Im Bademantel drückte sie meine Hand. Im Bademantel umfaßten sich unsere Hände auf ihrer Brust, die wir im Gespräch über Miriam streichelten und drückten, als streichelten und drückten wir in Wahrheit Klein-Miriams Brust. Sie hatte keine Scheu, die Tochter könnte kommen. Im Gegenteil. Sollte sie nur kommen. Sie sprach erregt, und selbst in ihrer Erregung sprach sie über Miriam-Tochter, über ihre Eins in Deutsch, ihre Gedichte, ihre lange Pubertät ... Selbst jetzt der Verweis nach oben: Hörst du, Miriam. Siehst du's ... Idee für eine Erzählung: *Es gibt gar keine Tochter. Die Mutter ist die Tochter. Die Tochter ist die Mutter. Verwaiste Tochter ohne Mutter oder traurige Mutter ohne Tochter – Tochter vielleicht bei einem Unfall gestorben. Tochter nur der Vorwand, um mich hierzubehalten. Die Musik oben hat die Mutter angestellt. Ich schlafe mit der Mutter. Später steht sie auf. Ich bleibe liegen. Ich liege in ihrem Zimmer, ein Zimmer neben dem Zimmer der Tochter. Nachts klopft es:*

Es ist die Mutter. Diesmal jedoch nicht als Mutter, sondern als Tochter. Später ist es wieder die Tochter als Mutter, mit der ich verschlungen beim Frühstück sitze ... Nur eine Notiz. Später stand sie vor uns, Miriam, die Tochter. Es war nach Mitternacht. Ich hatte wohl geschlafen. Miriam-Mutter saß neben mir. Ihr Bademantel fest verschlossen. Im Bad hörte man einlaufendes Wasser, das Miriam-Mutter aufgedreht hatte, um sich zu baden. Miriam-Mutter umarmte sie, führte sie zu mir. Stumm reichte sie mir die Hand. Sie zitterte. Sie ging in die Küche und holte sich etwas zu essen. Sie setzte sich auf einen entfernten Sessel. Sie wirkte verschämt. Nur wenn sie sich ungesehen glaubte, wagte sie einen Blick. Einmal lächelte sie – ein kaum bemerkbares Lächeln. Die Mutter versuchte ein Gespräch, ohne Erfolg: Miriam-Tochters Deutschaufsatz – keine Antwort. Ihre Gedichte – wollte sie nicht holen. Sie weigerte sich, von ihnen zu sprechen. Ihre Kopfschmerzen – besser. Ihre Tage – vorbei. »Ich habe ihm ein Bett im Zimmer neben deinem Zimmer gemacht.« Es machte ihr nichts aus. »Frag ihn doch, ob ...« Sie fragte nicht. Sie blätterte in einer Illustrierten. Es badete dann nicht die Mutter, sondern die Tochter. Mutter und ich verfolgten ihr plätscherndes Bad im Wohnzimmer. Miriam bade am liebsten nachts. Ob ich Lust hätte, im Sommer mit beiden Miriams in ein Ferienhaus zu gehen? Wenn es mir lieber sei, könne ich heute nacht auch in Miriams Zimmer schlafen und Miriam im Zimmer daneben oder im Zimmer der Mutter und die Mutter im Zimmer von ... Die

Kombinationen wurden immer undurchsichtiger und absonderlicher ... Sie stand auf, goß mit offenem Bademantel Wein in mein Glas, ging zu einem Schrank, holte Badesalz, das sie Miriam-Tochter ins Bad brachte. Ich hörte die Stimme der Mutter und ich hörte die Stimme der Tochter. Ihre Stimme klang nun lauter. Ich hörte sie sogar lachen und erzählen und wieder lachen. Ich dachte schon, beide Miriams badeten gemeinsam, als die Mutter wieder zurückkam, mit den Kleidern der Tochter, die sie mir auf den Schoß legte – ich konnte die Wärme Jung-Miriams fühlen. Ich sollte an den Kleidern riechen. Ich roch ihre Schönheit. Ich hörte ihre Schönheit körperlich im Wasser. Ich sah sie deutlich in der Badewanne vor mir liegen, weil die Mutter von nichts anderem sprach als von Miriams Bad: Sie, Miriam-Tochter, liege manchmal die ganz Nacht im Wasser, dichtend, träumend, singend, streichelnd ... Sie, Miriam-Mutter, ging wieder ins Bad. Ich hörte wieder ihre Stimmen. Spritzendes Gelächter. Quietschende Rücken. Dies ging eine halbe Stunde. Ich hörte, wie Wasser nachgelassen wurde. Als die Mutter wieder ins Wohnzimmer kam, waren ihre Haare naß. Sie küßte mich auf die Stirn: »Kuß von Miriam.« Weiß bis heute nicht, von welcher Miriam. »Miriam mag dich.« Frage mich bis heute, welche Miriam. Stelle mir vor, wie Mutter und Tochter sich im Bad gegenübersitzen, Tochter Miriam mit tropfendem Haar und ausgestreckten Armen und angezogenen Beinen zwischen den Beinen der Mutter. Wie selbstverständlich sitzen sie vor mir: berühren sich, streichelten sich – an den

Rändern der Badewanne stehen Weingläser –, sprechen ihre Körper offen an; vergleichen ihre Arme und Beine, die sie aneinander halten: die Arme und Beine der Mutter brauner als die der Tochter … Ob ich dies nicht auch finde? Ich stehe fassungslos. Sie spritzen mich naß. Sie stiften mich an, die Haare der jeweils anderen zu waschen, den Rücken der jeweils anderen zu massieren, die ins Wasser geworfene Seife zwischen den Beinen der jeweils anderen hervorzuholen … »Wenn du Miriam küssen möchtest, dann küsse sie«, flüsterte mir die Mutter ins Ohr. Wir lagen in einem dunklen Zimmer. »Sei lieb zu ihr. Lege dich ganz vorsichtig auf sie. Höre ihren Atem. Berühre ihre Brust. Ihre Brust ist größer als meine. Weißt du das? Spürst du das? Streichle ihr Haar. Rieche ihre Haut. Spüre ihre Zerbrechlichkeit. Denke an ihre Gedichte. Werde ihr nicht fremd. Schmecke das Salz ihrer Tränen.« Wir lagen nicht zu dritt, sondern zu zweit, Mutter und ich, Miriam keine Erfindung, sondern ein wirklicher Mensch – sie lag im Zimmer neben uns … Ich denke mit Erektion an beide, während ich lese. Ich lese mit Erektion, während ich daran denke. Versuche ohne einen einzigen Gedanken an sie einen Satz zu lesen – ohne Erfolg. Halte mich so nah wie möglich an der Tischkante. Ich trage keine Unterhose, sondern eine salzige Badehose, noch vom Thermalbad mit Beatrice. Es gibt so viele Miriams. Caroline in der dritten Reihe ist eine Miriam. Ihre Mutter daneben ist eine Miriam. Oder die Mutter ist bereits daheim, in hastiger Vorbereitung eines Abendessens, zu denen ich so oft eingeladen werde. Ob ich vielleicht ..., in einer freien Minute ..., die Zeit aufbringen könnte ..., mir einige Aufsätze und Gedichte der Tochter anzuschauen ...? Ob ich bereit wäre, Tochter oder Sohn ein Empfehlungsschreiben zu schreiben ...? »Ich habe keine Schreibmaschine.« Hand auf meine Schulter: »Kommen Sie doch zu uns nach Hause. Sie sind herzlich zum Abendessen eingeladen. Wir wohnen nicht weit. Es gibt auch eine Schreibmaschine.« Entwurf für ein Empfehlungsschreiben: *Hiermit bescheinige ich, daß Miriam Soundso meiner Lesung beiwohnte ..., daß Miriam Soundso mit größter Aufmerksamkeit und großem Gewinn meiner Lesung beiwohnte ..., mit daran anschließendem Fachgespräch über Literatur ...* Bei einem dieser Essen ließ sich die Tochter des Hauses nicht lange bitten. Sie saß nicht eingeschlossen auf ihrem Zimmer, sondern unüberhörbar in der Mitte einer langen Familientafel: Vater am Ende der Tafel im Gespräch über französische Weine und ein Kohlekraftwerk in Australien (sprach offensichtlich mit mir); die Mutter am anderen Ende des Tisches im Gespräch über Lehrer und Schulen, unmögliche Lehrer, unmögliche Schulen (sprach offensichtlich mit mir); dazwischen Freunde oder Verwandte. Und in der Mitte die strahlende Tochter des Hauses, die mir mit einem Stapel Papieren (anscheinend Gedichte) gegenübersaß. Wir aßen Käsefondue. Ich sollte ruhig meine Gabel ablecken und diese wieder in den Topf auf dem Tisch tauchen. »Essen Sie. Essen Sie doch.« Einmal fiel mir ein Stück Brot von der Gabel in den Topf. Die Mutter nahm das Stück sofort an sich. Es war auch die Rede von einer Zahnbürste, die oben im Bad nebst Handtuch und Schlafanzug des Vaters für mich bereit lag. Frage des Vaters: »Sie sind Amerikaner?« Meine Antwort: »Nein, aber ich lebe und schreibe in New York.« »Wie das?«, fragte er mich, worauf ich kaum etwas zu sagen wußte. Er stellte eine leicht abfällige Frage über das Buch. Ich antwortete: »Was die Abstraktion in der Kunst, ist die Unverständlichkeit in der Literatur.« Ein verständliches Buch würde man nicht ernst nehmen ... Plötzlich fragte mich die Tochter: »Was ist eine Metonymie?« Eine Metonymie? »Eine Metonymie?!« Sie nickte eifrig. Die ganze Familie nickte mit ihr. Ich versuchte eine Antwort. Sie spielte mit ihrer Gabel. »Oder was ist ein Klopfreim?« Wie bitte? »Ein Klopfreim?« Ich hatte keine Ahnung: »Ein Klopfreim ist ein klopfender, d.h. rhythmischer Reim. Sehr allgemein gesprochen ...« Ohne aufzuschauen sagte sie in meine Antwort hinein: »Stimmt nicht.« Sie deutete mit ihrer Gabel auf mich und fragte weiter: Was ein Schlagreim sei? Ich lächelte. Und ein Kreuzreim? Ein Paarreim? Der ganze Tisch verstummte. Ein Kettenreim? Ich antwortete, daß Reime nicht mein Gebiet seien ... »Was ist ein Anakoluth?« Ich antwortete auf englisch, »Hey, young woman, I'm from *Nuuu Yooork*«, und sie fragte auf englisch nach dem Unterschied zwischen *story* und *plot*? »Was ist eine Anadiplose?« Ich war müde, müde und mußte auch demnächst gehen ... Ein Ananym? Die ganze Familie heftig nickend: Genau! Was ist ein Ananym? Ein lokutionärer Sprechakt? Sie fragte schlimmer als ein Kind. Ein illokutionärer Sprechakt? Ich fragte den Vater nach dem Kohlekraftwerk in Australien. Er reagierte nicht. »Was ist eine Hypotaxe?« Ich mußte aufs Klo. »Ein Oxymoron?« Sie fragte mich ins Klo hinein: »Auftakt bei steigenden Jamben? Wie ist es?« Ich sagte nichts. »Wie bitte?« Ich betätigte die Spülung. Die nächsten Fragen übertönte ich mit der Spülung, doch irgendwann mußte ich wieder herauskommen. Sie erwartete mich vor dem Klo mit neuen Fragen. Ich wollte telefonieren. Dolm sollte mich hier herausholen. Er selbst hatte mich vor solchen Abenden immer gewarnt. Ich mußte mich wieder setzen. »Noch ein Glas Wein?« Je größer meine Ahnungslosigkeit, umso lebhafter und anschmiegsamer wurde sie: Ging mit mir in den Garten, sagte auswendig Gedichte auf, sprach von ihrer griechischen Grammatik, lehnte sich fröstelnd an mich, wollte mich am nächsten Morgen in den Deutschunterricht nehmen ... Im Gebüsch entdeckte ich eine Lücke, in die ich hineinsprang, kletterte über den Zaun und rannte davon ... Ich war Richter und Schlichter bei Familienstreitigkeiten. Ich sollte einem Jungen Englischnachhilfe geben. Ich sollte Klavier spielen. Ich sollte einen irren Hund zur Vernunft bringen. Am Ende einer Nacht saß ich mit einer Mutter beim Frühstück. Sie wollte mich nicht gehen lassen. (Alle Miriam-Mütter sind noch jung und leben in Scheidung und wollen mich nicht gehen lassen). Als ich im Bad stand, hörte ich Stimmen, die Stimme der Mutter und eine weitere Stimme, die Stimme der Tochter, die mich nicht mochte. Von Anfang an mochte sie mich nicht, wollte mich nicht zur Kenntnis nehmen, zeigte sich so gut wie überhaupt nicht, war aber wie ein gehässiger Schatten über uns, schlich durch das Haus, lief gelegentlich (walkmanhörend) an uns vorbei … Als ich im Bad war, hörte ich sie sagen: »Er ist ein Esel.« Im Vorbeigehen gesagt. Ganz nebenbei bemerkt: »Er ist ein Esel.« Die Antwort auf die frühstückende Mutter, die ich deutlich vor mir sitzen sah, schmunzelnd sich die Hände reibend, aber auch ein wenig ängstlich, in ihrem Wunsch nach einem Urteil, das die Tochter über mich und meine Anwesenheit in ihrem Haus, in ihrem Bademantel aussprechen sollte. Na? Und? Was sagst du? Wie ist er? Die lapidare Antwort der Tochter: »Er ist ein Esel.« Es klang bis in die Dusche. Ich drehte die Hähne weit auf, doch es klang bis in die Dusche. Sie fragte nicht: Was soll das!? Was will er!? Wie kann er es wagen!? Sie hätte durch den Flur fauchen können: Wie widerwärtig, geschmacklos und lachhaft! Oder mit Händen und Füßen gegen die Badezimmertür schlagen und rufen können: Er ist eine Fälschung, ein Schwätzer, ein Abziehbild, ein Betrug. Er hat keine Ahnung. Ihr alle habt keine Ahnung. Er kann nicht einmal richtig Englisch. Er ist überhaupt nicht aus New York. Er war nie in New York. Das Buch!? Hast du es gelesen!? Hat es irgend jemand gelesen!? Hat er es je gelesen!? Es ist so schlecht. Niemand kann es lesen. Kein Mensch wird es lesen … Sie sagte es nicht. Statt dessen ein einziger Satz: »Er ist ein Esel.« All das Schlimme, das sie hätte sagen können, aber nicht sagte, ist in diesem Satz enthalten, geht diesem Satz voraus, wie ein stummes Wissen, das Wissen einer Siebzehnjährigen mit der Note Fünf in Deutsch. Sie sah es auf den ersten Blick, ein Blick auf das Buch, ein Blick auf mich … Die Widerworte der Mutter hörte ich nur als entferntes Jammern. Ohne die Hähne der Dusche abzustellen, zog ich mich an und kletterte durch das Fenster ins Freie, ging ins Hotel zurück. Ich habe beide nie wieder gesehen. Doch ich höre sie noch, Mutter und Tochter: Er ist ein Esel. Ja, ich bin ein Esel. Vielleicht sitzt sie noch vor dem Bad und spricht vor laufender Dusche ihre Meinung über mich. Vielleicht spricht sie irgendwann verständnisvoller. Von meinen Manuskripten kann sie nichts wissen. Sie sind nicht mehr bei mir. Ich habe sie aus dem Fenster geworfen, auf die Autobahn, bei voller Fahrt: Schneegestöber, durch das die nachfolgenden Autos hindurchfuhren. Ich bin nun ganz und gar Schriftsteller. Ich schreibe in aller Öffentlichkeit. Ich schreibe, während ich lese, die Lesungen der einzige Moment, wo ich die Ruhe finde, ein wenig zu schreiben … Idee für einen Miriam-Roman: *Mutter Miriam und Tochter Miriam in einer inzestuös lesbischen Liebesbeziehung, oder besser, Liebe-Haß-Beziehung. Ich, der Ich-Erzähler, der Liebhaber der Mutter und Stiefvater der Tochter, aber auch, mehr und mehr, der Liebhaber der Tochter und Schwiegersohn der Mutter …, also ein umfassender Mann in einer umfassend chaotischen folie à trois. Väterlicher und schwiegersöhnlicher Liebhaber in einer lesbisch-inzestuösen Miriam-Miriam-Beziehung. Beide Miriams zudem noch in sich selbst verliebt … Es wird in diesem Roman so viel Liebe geben, daß kein Stein mehr auf dem anderen steht* … Sie hat recht: Ich bin ein Esel, aber ein erfolgreicher Esel, ein preisgekrönter Esel, ein hochbezahlter Esel, ein Schriftsteller-Esel, ein lesender Esel … Esel ist ein Anagramm von *lese*: Esel-Lese. Ich Esel lese. Ich Esel Lolo. Ich lese nicht irgendwo. Ich lese nicht irgendwas. Ich Esel lese vor Tausenden von Menschen. Ich Esel schlafe nur selten allein. Ich Esel finde Eselinnen. Ich Esel lese die Kontoauszüge meines Bankkontos. Ich Esel reise täglich mit drei Autos. Ich Esel schreibe Autogramme. Ich Esel nicke weniger als meine Zuhörer-Esel. Ich baue meinen Zuhörern Eselsbrücken. Das Buch, aus dem ich lese, hat Eselsohren. Von mir aus habe ich selbst Eselsohren. Ich lese mit Eselsgeduld. Noch größer aber ist die Eselsgeduld meiner Zuhörer. Sie bezahlen 15 Euro Eintritt – im Vorverkauf. An der Abendkasse sind es 20 Euro. Schülerinnen, Studentinnen und Zivildienstleistende zahlen 12 Euro. Für das Poster zahlen sie 20 Euro. Sie kaufen auch T-Shirts, Badetücher, Schlüsselanhänger, Aschenbecher … Bücher machen Leute! Alles an mir wird nun interessant: Alter – 40. Gewicht – 76 Kilo. Sternzeichen – Fisch (oder Esel?). Schuhgröße – 42. Sportarten, Lieblingsbücher, Hobbys, Reisen … Kommentare zum Krieg. Mein Schreibtisch, meine Urinflasche, der Nachttisch … Ein Wort zu Amerika. Der Blutdruck, die Börse, das Wetter … Es soll ein Briefwechsel herauskommen, ein Briefwechsel zwischen mir und einer Autorin aus Paris. Ihren Namen habe ich vergessen. Ich denke an die Geschichte eines Mannes, der in einem Hochhaus wohnt, auf das Dach des

Hochhauses steigt, dort einen Sender montiert, um von seiner Wohnung aus einen Radiosender zu betreiben. Nachts sitzt er vor einem Mikrophon und spricht seine Gedanken. Es könnte ja sein, daß ihn einige Menschen hören. Er liest Gedichte und Geschichten. Er spricht seine Telefonnummer und bittet seine Zuhörer um einen Anruf. Er verspricht dem ersten Anrufer ein Telefoninterview, live im Radio. Es kommt kein Anruf. Er verspricht dem ersten Anrufer ein Frühstück. Kein Anruf. Es ist früh am Morgen. Er spricht nun provozierender und auch lauter. Endlich kommt ein Anruf. Es ist die Nachbarin, die über ihm wohnt und sich über den Lärm beschwert und damit droht, die Polizei zu rufen, wenn nicht endlich Ruhe ist. Sie hörte ihn nicht durch das Radio, sondern durch die Wand ... Nur eine Idee ... Eine Idee, die ich wieder verworfen habe. Denke nun an ein Märchen. Denke mir eine heißgeliebte Erscheinung wie mich, nur unter anderen Umständen, vielleicht einen Prinzen, das schönste und gütigste Wesen auf der ganzen Welt. An allen Wegrändern seiner wenigen Spaziergänge der Aufschrei unzähliger Blumen: *Er kommt. Wer? Der Prinz. Komm zu mir! Nein zu mir! Geh nicht weg! Pflücke mich!* Und der Prinz antwortet jedesmal: »Schöne Blume, wenn ich dich pflücke, dann wirst du sterben.« Die Blumen beginnen zu schwanken. »Bin ich wirklich schön?« fragen besonders die älteren Blumen. Und der Prinz sagt jedesmal ja, ob Rose, Löwenzahn oder Unkraut im tiefsten Gestrüpp. »Dann pflücke mich augenblicklich!« Und der Prinz antwortet jedesmal: »Wenn ich dich pflücke, dann wirst du sterben.« Doch die Blumen beschwören ihn: »Ich werde nicht sterben, denn du bist schöner als meinesgleichen und Schönheit ist unsterblich.« Und der Prinz schweigt und die Blumen sprechen: »Ich werde nicht sterben. Nicht, wenn ich im Glanz deiner Augen gesehen werde. Denn die Sonne scheint kalt und ist für alle.« Und der Prinz hört, und die Blumen sprechen: »Wenn du mich in eine Vase steckst, dann sterbe ich. Aber ewig ist das Leben, wenn ich in deinem warmen Mund liege. Denn der Regen ist kalt, gewöhnlich und für alle.« Und der Prinz nickt und die Blumen sprechen: »Ich werde niemals sterben, wenn ich deine ebene Nase riechen kann. Denn die Welt stinkt und der Gestank ist in allem.« Und der Prinz beugt sich über die Blumen und küßt ihre Blätter: »Wenn ich dich pflücke, dann wirst du sterben«, sagt der Prinz. »Dann laß mich sterben«, schreien die Blumen. »Ich will sterben! In deiner Vase möchte ich einschlafen und nie wieder aufwachen.« Und der Prinz sagt leise: »Nein, das willst du nicht«, und er will weiterlaufen. »Geh nicht. Bitte geh nicht.« Und der Prinz geht nicht weiter und bleibt bei den Blumen, ihr ganzes Leben, fast ein Jahr, vom April bis zum November, und als die Blumen im Herbst längst verblüht sind und sie ihn mit heiserer Stimme fragen: »Bin ich schön?« – antwortet er: »Ja!« Und sie fragen weiter: »Noch schöner als früher?« Und der Prinz nickt: »Schöner als jemals zuvor.« Mit diesen Worten werden die Blumen vom Schnee begraben. Erst dann kehrt der Prinz nach Hause, doch durch den Schnee sprießen bereits neue Blumen ... Ich habe mir dies während des Lesens notiert. Dolm jedoch hat andere Pläne, das nächste Buchprojekt, so verstand ich ihn, ein Kochkrimi, ein *joint-venture-book* mit einem anderen Verlag zusammen. Ich kann nicht nein sagen. Ich überlege mir, eine alte Idee aufzugreifen, die Idee eines Romans über einen Menschen, der nicht nein sagen kann. Schon seine Mutter konnte nicht nein sagen. Hätte sie nein gesagt, dann wäre er nie geboren worden. Seine ganze Existenz ist ein Nicht-Nein. Dies wird nicht besser, sondern sein Leben lang immer schlimmer. Er ist beliebt. Jedes Nicht-Nein steigert die Beliebtheit noch. Weil er nicht nein sagen kann, hat er viel zu viele Freunde, die er nicht enttäuschen kann. Sein Leben ist ein Fließband sich überschneidender Verpflichtungen, Freundschaften und Liebschaften: Einladungen zu Abendessen, oft zwei bis drei Essen an einem Abend, doppelgebuchte Urlaubsreisen mit Freunden und Freundinnen, ein Doppelstudium, evangelische und katholische Theologie, eine Verlobung, Wildwasserfahrten, Wehr- und Zivildienst, eine Doppelhochzeit, mehrere gleichzeitige Ehen, mehrere Doktortitel, unzählige Lebensversicherungen, einige Dutzend Zeitschriftenabonnements, zahlreiche Patenkinder, Mitglied verschiedener Parteien und Kirchen, doppelte Staatsbürgerschaften, Autounfälle, Doppelnamen, hetero- und homosexuelle Liebesbeziehungen, Ehrenämter, unzählige Operationen ... Nur weil er nicht nein sagen kann. All dies führt zu Verwicklungen, Zerreißungen, Zwei- bis Vierteilungen. Schon allein zeitlich und körperlich: Frühstück mit Ehefrau, zweites Frühstück mit anderer Frau, Mittag mit dritter Frau … Bigamie ist ein viel zu schwaches Wort. Immerzu und überall steht er, wegen eines einzigen Wortes, das er nicht aussprechen kann, im Wort, anwesend zu sein, für Stunden oder Tage oder gar jahrelang, oft zur gleichen Zeit an mehreren Orten, bei mehreren Menschen. Dies muß aufhören! Er kann nicht nein sagen. Es ist aber auch wichtig zu wissen, daß er nie ja gesagt hat oder je ja sagen wird. Manchmal versucht er sich an langen Umschreibungen für ein höfliches Nein, was nicht verstanden wird, oder als Zusage verstanden wird. Oft murmelt er danke, wenn sich sein Mund zu einem Bitte öffnen will: Bitte nicht! Die Männer lieben ihn. Die Frauen lieben ihn. Er ist ein Don Juan wider Willen, nicht aus Gier, sondern aus Gefälligkeit und vor lauter Bescheidenheit. Auch zu Tieren kann er nur schwer nein sagen. Gegenüber so vielen Menschen und Einrichtungen steht er in der Pflicht, eine seelische Pflicht, wie er glaubt, die er körperlich anwesend ableistet. »Komm doch zu mir übers Wochenende.« Und er kommt. Und er bleibt. Jedes unausgesprochene Nein versteht er körperlich, ist es doch sein Körper, der wegen eines einzigen Wortes, das er nicht sprechen kann, all die Folgen ableisten und absitzen muß. Die Gedanken sind frei. Sie können frei umherschweifen. Sie können denken was sie wollen. Der Körper ist unfrei. Er muß ein einziges fehlendes Wort immerzu ableisten und absitzen: Ableisten eines Dienstes, eines Versprechens, einer Krankheit, einer Freundschaft etc.

Was nicht weiter schlimm wäre, wenn man einen Körper frei hätte, der dem Wunsch eines anderen anwesend entspricht. Oder besser mehrere Körper, denn jedes unversuchte Nein kann schlimmstenfalls den ganzen Körper, das ganze Leben fordern. Also sehr viele Körper. Für jedes Nicht-Nein bräuchte man einen eigenen Körper, plus die identische Seele, das identische Wesen, die identische Unfähigkeit zum nein sagen, sonst gäbe es ja das Problem nicht, sowie einen eigentlichen Körper, eine eigentliche Seele, ein eigentliches Wesen, das von all dem unbehelligt in aller Abgeschiedenheit in Freiheit leben kann. Bis das nächste Nicht-Nein weitere Duplikate fordert. Und so weiter, und so fort ... Es müßte die Möglichkeit geben, den Körper eines Menschen, der nicht nein sagen kann, beliebig zu vervielfältigen, was ja in einem Roman möglich wäre, vielleicht sogar in Wirklichkeit. Ich denke also daran, einen Roman zu schreiben, in dem die Hauptfigur (mittels noch zu klärender Verfahren, vielleicht eine rasante Klon-Technik) sich laufend vervielfältigt. Er kann den Wünschen immer mehr Menschen nachkommen, während er, das Haupt-Ich, frei zu Hause sitzt, bei sich selbst ist, und einen Roman schreibt über einen Menschen, der nicht nein sagen kann und jedes ausbleibende Nein mittels Kopien seiner selbst körperlich einlöst ... Jedes Nicht-Nein ist das Spermium eines neuen Körpers, eines weiteren Nicht-Neins. Da die Duplikate (sowie die Duplikate der Duplikate) ebenfalls nicht nein sagen können, in furchtbare Verwicklungen, Vier- und Achtteilungen geraten, müssen auch sie immer weiter vervielfältigt werden, was sie ganz von alleine machen, und die Duplikate der Duplikate ebenfalls, so daß die Vervielfältigungen exponentiell steigen. Es kommt zu einer Bevölkerungsexplosion, zu einer Weltrevolution des Nicht-Nein, vielleicht zu einer umfassenden Weltzufriedenheit, wo kein böses Wort mehr fällt ... Das Haupt-Ich darf selbstverständlich nicht auf die Straße, sich nie in der Öffentlichkeit zeigen, da es ja den hunderttausendfachen Verpflichtungen seiner Doppelgänger unmöglich nachkommen kann. Er kennt diese Verpflichtungen nicht einmal: Myriaden von Ehen, Kindern, Arbeitgebern, Verträgen, Zahnarzt- und Operationsterminen, Freund- und Liebschaften etc. – all die Bindungen, die andere mit seinem Gesicht und Körper eingegangen sind. Man würde ihn von allen Seiten martern und zerfleischen. Den Duplikaten wird es nicht anders ergehen. Auch sie, wie gefällig sie sich auch erweisen, wie sehr sie sich auch vermehren mögen, werden an jeder Straßenecke von wildfremden Menschen zur Rechenschaft gezogen werden für das Nicht-Nein irgendeines Doppelgängers. Man wird sie jagen, martern und zerfleischen ... Nur eine Idee, ein aufzuckender Gedanke. Eine schlechte Idee. Eine unsinnige Idee, eine Schwachsinnsidee, eine Sekundenidee, während ich lese ... Ich lese seit Stunden. Die Lesung wird nicht zu Ende gehen. Schon die vorherigen Lesungen fanden kein richtiges Ende. Sie endeten nicht mit einem Wort oder einem letzten Satz oder einem Zeichen von Dolm. Sie endeten schleichend, stammelnd und schweigend, mit immer länger werdenden Pausen, jede Pause eine furchtbare Stille, eine eisige Ausweglosigkeit, die weiterer letzter Worte bedurfte, sonst wären Publikum und ich nicht mehr aus diesen Lesungen herausgekommen … Doch jedes weitere Wort verschlimmerte und verlängerte die Pausen noch, so daß ich mich in immer neue Worte flüchtete, nicht mehr die Worte des Buches, sondern meine eigenen Worte: Schlußworte. Doch niemand hörte meine Schlußworte. Niemand hörte den Unterschied zwischen meinen aufschauenden Worten ins Publikum und den Worten des zugeklappten Buches. Niemand hörte ein Ende. Es gab kein Ende. Für ein Ende war es zu spät. Die Abende verendeten endlos wie ein sterbenskranker Patient, dessen Herz minutenweise aufhört zu schlagen. Jeder weitere Herzschlag will nur verdeutlichen, daß dies der letzte Herzschlag ist, bis zum nächsten Herzschlag, der das Ende nochmals verdeutlichen will, gerade dann, wenn die am Bett Sitzenden sich mit dem Tod abgefunden haben – ein furchtbares Mißverständnis. So verstehe ich das Verhalten meines Publikums. Sie sitzen erstarrt, ohne Anzeichen eines Applauses, aus Taktgefühl gegenüber einem Sterbenden. Dabei geht es mir gesundheitlich besser denn je. Gestern rutschte ich mit meinem Stuhl nach hinten. Ich schaute auf. Ich stand demonstrativ auf. Wort auf Pause, Pause auf Wort versuchte ich mich und mein Publikum aus den Lesungen herauszureden, wollte mich davonreden, davonschleichen, davonschweigen. Nie wieder ein solches endloses Ende.

Nie wieder die Erbärmlichkeit eines angeblichen Applauses, von dem man mir später im Hotelzimmer berichtet. Lieber dann kein Ende. Die Lesung wird nicht zu Ende gehen. Selbst wenn ich schneller lese. Sie wird nicht zu Ende gehen. Das letztmögliche Ende habe ich verpaßt, habe das dick markierte Ende passiert und lese weiter, wie ein Schiff, das an einer letzten Landzunge vorbei in den endlosen Ozean sticht. Es ist kalt. Für jede Lesung existiert ein Zustand, der wie eine Temperatur ist: die Temperatur der Zuhörer und meine eigene Temperatur. Beide Temperaturen gleichen sich an. Wenn zwei Körper in thermischen Kontakt geraten, dann nehmen sie die gleiche Temperatur an, ganz unabhängig von der sonstigen Beschaffenheit der Körper und der speziellen Art der Berührung. Die Wärme geht immer vom wärmeren zum kälteren Körper, also vom Publikum zu mir. Das Publikum hat noch ein wenig mehr Wärme als ich, und ich bin noch ein wenig kälter als das Publikum ... Die immer kälter werdende Wärme des Publikums trifft auf meine Kälte, also werden beide Seiten immer kälter, bis wir alle auf Niedrigtemperaturniveau zum Stillstand kommen. *Divine law of entropy!* Wir sterben den Kältetod. Das Wasser beginnt bereits zu gefrieren. Die ersten Eisschollen blockieren jede weitere Bewegung. Wir sind für immer, in dieser Lesung, in diesem Raum, in diesem Buch ... Schön gesagt? Ich bin Schriftsteller. Ich neige zur Übertreibung. Immer noch neige ich zur Übertreibung. Natürlich wird diese Lesung zu Ende gehen. Irgendwie wird auch sie zu Ende gehen. Ich weiß nur noch nicht wann und wie. Es liegt an mir. Ich bin völlig frei. Man kann sich nur Respekt verschaffen, wenn man sich tatsächlich Respekt verschafft. Ich bin Schriftsteller. Zum ersten Mal realisiere ich, daß ich Schriftsteller bin. Ich sehe Anne Hathaway vor mir. Ich höre in meiner Stimme ihre Stimme am Telefon, wie sie weintrinkend über meine Manuskripte gebeugt mir zuflüstert: »Ich liebe Übertreibungen.« Ich liebe Übertreibungen! Keiner hört diesen Satz. Sollte Anne Hathaway noch in einem Arbeitsamt sitzen und mich bitten, arbeitslosen Jugendlichen von meinen Erfahrungen als Schriftsteller zu berichten, dann würde ich ihnen sagen: Es ist ein langer und schwieriger Weg, vielleicht sogar eine Unmöglichkeit. Man muß einiges mitmachen und auf sich nehmen. Man muß all sein Talent entweder in die Kunst oder ins Leben stecken. Man braucht Glück und Geduld. Kein anderer Beruf verlangt mehr Geduld. Man muß warten können. Man muß nicht einmal schreiben können, aber jahrelang warten können ... Man muß sich anpassen und verstellen können. Man muß Kompromisse eingehen können. Man muß bereit sein, einige Dinge zurückzunehmen. Trotzdem würde ich jedem, der es will oder nicht anders kann, empfehlen, Schriftsteller zu werden. Vor Erfolg ist niemand sicher. Es gibt, zumindest für mich, keinen anderen Beruf als den des Schriftstellers. Ich hatte gar keine andere Möglichkeit als Schriftsteller zu werden. Sonst würde ich nicht mehr leben. Ich würde meinen Lieblingsschriftsteller Pursewarden zitieren, der drei Maximen der Kunst aufgestellt hat: *(1) Jeder unserer fünf Sinne enthält eine Kunst. (2) In Fragen der Kunst muß strengstes Geheimnis gewahrt werden. (3) Der Künstler muß sich jeden Windhauch zunutze machen.* Natürlich hatte ich Glück. Ich meine gar nicht mein Gesicht. Ich bin mehr als nur mein Gesicht. Eigentlich ist mein Gesicht nur eine Erfindung, eine Übertreibung, mein eigener Kunstgriff, so wie Vašiček, dem ich nicht ähnlich sehe und den es gar nicht gibt. Es gibt keinen Vašiček! – allenfalls einen entfernten Vašiček. Es gibt auch keinen Pursewarden. Er ist eine Figur in einem Roman – gelebte Literatur in der Literatur. Die besten Schriftsteller sind die, die nicht mehr leben oder nie gelebt haben oder nie leben werden. Es gibt nur mich und meine Bücher und meine Notizen für weitere Bücher. Ich lebte und arbeitete in der Tat in New York. Der Verlag hat nicht mich, sondern ich habe den Verlag erfunden – Freiheit des Schriftstellers. Ich sitze und lese vor Hunderten von Zuhörern. Ich kann schreiben und lesen, was ich will – es wird hingenommen. Ich selbst trage die Verantwortung. Ich verwende wieder zunehmend Verben. Natürlich ist ein passendes Gesicht hilfreich. Ich bin Schriftsteller und empfehle es allen, die es werden wollen – oder werden können. Es gibt in der Tat ein alphabetisches Verzeichnis der Verlage. Ich bin Schriftsteller und sehe die Richtigkeit meiner Entscheidung vor mir, in den Augen einer einzigen Frau, die mir noch zuhört. Ich sehe die Richtigkeit meiner Entscheidung, wenn ich zu Bett gehe. Ich schmecke die Richtigkeit der Entscheidung beim Essen. Ich lese die Richtigkeit der

Entscheidung in meinen Büchern. Ich lese jeden Abend in einem anderen Saal. Natürlich wird auch diese Lesung zu Ende gehen! Noch ein, zwei Sätze, und ich werde schließen – oder auch nicht. Vielleicht sollte ich es wagen, endlos weiterzulesen. Ich sehe Anne Hathaway deutlich vor mir. Ich muß immer heftiger an sie denken. Morgen gehe ich zur Bank und überweise ihr Geld. Empfänger: Anne Hathaway. Kontoinhaber: mein großbuchstabierter Name, und dann mein Beruf: *Writer!*

Nachtrag

»Today, literature must become party literature. Down with non-partisan literature! Down with literary supermen! Literature must become a part of the common cause of the proletariat, a cog in the Social Democratic mechanism ... I dare say there will be hysterical intellectuals to raise a howl at this ... Such outcries would be nothing more than an expression of bourgeois-intellectual individualism.

Publishing and distributing centres, bookshops and reading rooms, libraries and similar establishments must all be under party control ... Calm yourselves, ladies and gentlemen! Everyone is free to write and to say whatever he likes, without any restrictions. *But* every voluntary association, including the party, is also free to expel members who use the name of the party to advocate anti-party views. Secondly, we must say to you bourgeois individualists that your talk about absolute freedom is sheer hypocrisy. There can be no real and effective freedom in a society based on the power of money. Are you free in relation to your bourgeois publisher, Mr. Writer? And in relation to your bourgeois public ...? The freedom of the bourgeois writer, artist or actor is simply disguised dependence on the money-bag, on corruption, on prostitution.«

Wladimir Illjitsch Lenin, in Tom Stoppard, *Travesties*. London & Boston. Faber & Faber, 1975.

»Ein außergewöhnliches Talent für Sprache und Sprachwitz.«

Badische Zeitung

Die Lieb-Haberin.
Roman.

2002. 150 Seiten,
geb. mit Schutzumschlag,
€ 18,90 / sfr 33,60

ISBN 3-421-05716-8

Joachim Zelter, Die Lieb-Haberin

»Seit Dietrich Schwanitz hat kein deutscher Anglist die Sprache der Liebe mit mehr Esprit dekonstruiert.«

Martin Halter, FAZ

»Die Lieb-Haberin: eine höchst intelligente Variation auf Romeo und Julia: ein kleines Kunstwerk, ein genialer Erzähler.«

Bettina Dapf, SWR

KLÖPFER&MEYER

»Prädikat: anregend, komisch, weise. Nicht weglegen!«

Schwäbisches Tagblatt

Der Nichtstuer.
Erzählung.

2002. 176 Seiten,
geb. mit Schutzumschlag,
€ 16,–/ sfr 28,70

ISBN 3-421-05744-3

Hans Peter Hoffmann, Der Nichtstuer

»Eine Erzählung, die ganz unscheinbar auftritt und doch eine kleine Sensation ist – und der man eine große Wirkung wünscht.«

Dorothea Dieckmann, NDR

»Faszinierend, er reißt einen mit, in seinen Sprachfluß, seinen Denkwirbel.«

Mona Ziegler, SWR

KLÖPFER&MEYER

Bibliografische Information Der Deutschen Bibliothek
Die Deutsche Bibliothek verzeichnet diese Publikation in der Deutschen Nationalbibliografie; detaillierte bibliografische Daten sind im Internet über *http://dnb.ddb.de* abrufbar.

ISBN 3-421-05761-3

© 2003 Klöpfer und Meyer, Tübingen.
Alle Rechte vorbehalten.

Umschlaggestaltung: Christiane Hemmerich Konzeption und Gestaltung, Tübingen, unter Verwendung einer Fotografie des Autors von Gisela Merker, Tübingen.
Herstellung, Gestaltung und Satz: niemeyers satz, Tübingen.
Druck und Bindung: Pustet, Regensburg.